Puro

Nara Vidal

Puro

romance

todavia

*Para Monique e Sâmia*

# Prelúdio

Nós damos, portanto, a Vossa Excelência, o rei de Portugal e Espanha, pelo presente documento, com nossa autoridade apostólica, total e livre permissão para invadir, caçar, capturar e subjugar pagãos ou qualquer outro não crente e inimigo de Cristo, seja quem for, assim como seus reinos, condados, ducados, principados e outras propriedades, a fim de reduzi-los à servidão perpétua.
*Dum diversas*, 1452

Art. 138 — Incumbe à União, aos estados e aos municípios:
· estimular a educação eugênica;
· cuidar da higiene mental e incentivar a luta contra os venenos sociais.
*Constituição dos Estados Unidos do Brasil*, 1934

Deus, Pátria e Família.
Slogan da Ação Integralista Brasileira, anos 1930

Deus, Pátria, Raça e Família.
Slogan da Frente Negra Brasileira, anos 1930

*São três mulheres velhas que moram em uma casa grande, também velha.*
*Há no casarão um menino de mais ou menos quinze anos.*
*Lázaro não é filho nem neto de nenhuma delas. Estuda em casa. Dália ensina religião e piano. Lobélia ensina idiomas. Alpínia ensina culinária e noções de anatomia. O volume do rádio está sempre alto, para as velhas escutarem música e, dizem as crianças pela cidade, abafarem as vozes do sótão.*
*A cidade se chama Santa Graça — referência de virtude e limpeza no território nacional. No futuro, não se viu mais ali negrinho ou doente nenhum.*

# Ícaro atravessa o oceano
## Brasil, década de 1930

LÁZARO GRITA:
Lava a mão, Íris, esfrega. Lava direito pra ver se o preto sai.

ÍRIS PENSA:
Menino mentiroso. O Lázaro fala que veio da Alemanha, mas a velha Alpínia diz que o moleque não é lá muito confiável, e sua origem é mais local e precisa: Três Vendas, zona rural de Santa Graça. A mãe dele, que ninguém conheceu, largou a criança na rua. Uma vez, a Dália e a Lobélia passavam no povoado pra comprar marmelo da Fazenda Bela Vista e se depararam com um embrulho de fiapos dentro de um balaio. Era um menino muito branco. Olharam pros lados. O ar seguro. Seco. Ninguém. Tarde firme. Ninguém em lugar nenhum debaixo do calor intenso e alaranjado. As duas sentaram na soleira da capela e esperaram quase a tarde toda que alguém chamasse pelo menino. Foi assim que nasceu o Lázaro. Nasceu de ninguém querer.

Era branco feito nuvem, muito raro achar criança pura assim, sem pai e mãe. Sobrava era pretinho sem família. Isso tinha um punhado. Andavam em bandos, pedindo resto de comida e água nas casas das famílias ricas de Santa Graça. Foi assim que eu cresci, foi assim que cresceu o monte de menino do Mata Cavalo, e assim teria crescido o meu Joaquim, se tivesse vingado.

Numa segunda-feira, depois do menino Ícaro voltar da escola, ele se pendurou na varanda do quarto da mãe e viu passar uns quatro, cinco meninos que pararam no casarão. Gente minha: roupas mal-ajambradas em tom alaranjado de terra batida. Pediam um copo d'água. Aqui na casa do Ícaro eu não posso abrir a porta pra eles, a avó do Ícaro não me deixa. Quando me veem da grade, gritam meu nome pedindo pra eu buscar pão velho. Se eu for, a dona Rosa me manda embora. O Ícaro e os pretinhos não podem nem conversar. A dona Rosa e a mãe do menino, a dona Ondina, ensinaram que os negrinhos entram na casa dos outros pra roubar. Eram diferentes dos ciganos que entravam pra ler nossa mão e nos contar sobre o futuro; roubavam e a gente nem se dava conta. Os meninos de cor, se preciso fosse, batiam nos outros e levavam as coisas compradas com tanto sacrifício. A dona Rosa dizia também que eram preguiçosos porque, se eles que eram brancos, estudavam e trabalhavam pra conseguir os confortos da vida, por que os pretos não faziam o mesmo?

    Tenho saúde e agradeço ao Deus Pai toda noite. Tenho também vontade de matar a dona Rosa. O padre Arcanjo me ensinou a rezar pra Deus e Jesus. É um santo homem; me ensinou também a não me entristecer por servir os outros. Tudo é vontade de Deus e Ele sabe o que faz. Pertence a mim o reino dos céus. O padre Arcanjo me lembrava da vida boa que eu tinha. Minhas avós decerto foram escravas e, graças a Deus, tudo melhorou muito.

    Saí da janela pra que os meninos não me vissem e espiei quando bateram palmas e tocaram a campainha das três bruxas. Ícaro lá, de olho neles. Coitado, queria era brincar.

    A Lobélia abriu a porta. Fez sinal pra esperarem na varanda, e eu vi quando chamou alguém de casa. A Dália foi até a varanda, deu batidinhas leves na cabeça dos meninos, que abriram a boca e mostraram os dentes, mas não era sorriso. A Alpínia chegou com água e biscoito e uma toalha que a

Dália usou pra limpar as mãos depois de encostar nas crianças. Ela mandou que voltassem no dia seguinte pra comerem pão, no mesmo horário. Os meninos desceram os degraus da varanda que dava pra rua. Pareciam alegres. As mãos sujas de terra agarravam os caramelos pretos que ganharam, aqueles com gosto de queimado, que grudam nos dentes. Um dos pretinhos achou o Ícaro. Ele sorriu seus dentes todos, os mesmos que tinha mostrado havia pouco às donas do casarão. O Ícaro teve medo, não do menino, mas que a avó visse que ele estava sorrindo pro moleque. Ele se escondeu atrás da cortina. Senti uma pontada bem perto da orelha direita. Olhei pro chão. Procurei o neguinho. Ele sorriu de novo, abanou a mão e foi embora. Apanhei do sinteco encerado o caramelo que ele jogou pro Ícaro.

Terça, quarta e quinta, a mesma coisa se repetiu. Os meninos do Mata Cavalo batiam na porta do casarão, a Alpínia ou a Lobélia davam pão e água. A Dália dava leves batidas na cabeça deles, enchia-lhes as mãos sujas de caramelos e eles iam embora. O mesmo menino que jogou a bala pro Ícaro jogou várias outras, até chegar a sexta-feira, que foi quando vi pela última vez o menino da Ester.

ÍCARO PENSA:
A Íris lava prato, lava roupa, lava o chão e a mão dela continua preta. Ela esfrega a trouxa no tanque, água sanitária no chão da varanda. Não adianta: a mão dela é sempre preta.

    Eu vi que o menino dos caramelos e mais quatro bateram palmas no casarão e dessa vez entraram. Eram quase sete da noite e o cheiro da sopa vindo do casarão era sinal de que os meninos tinham sido convidados a se sentar à mesa, comer feito gente. Talvez um naco de pão fresco pra acompanhar o creme de milho que eu cheirava da varanda do quarto da mãe.

Fiquei vigiando na janela até as oito, quando a mãe me gritou que a janta estava pronta. Das sete até as oito, nem sinal deles. Deviam estar se enchendo de comida de verdade. Custei a dormir. A rua calada já fazia horas e eu sem conseguir pegar no sono. Pensava no menino do caramelo; preto não podia ser meu amigo. A vó nunca que ia deixar. Nem a mãe nem o pai. Durante a semana, brincamos de arremessar caramelo um pro outro, ele lá e eu aqui. Olhei debaixo da cortina, por todo o chão de sinteco alaranjado, mas não achei nada.

Os patos do casarão fizeram barulho, e já era tarde. Eles se esgoelavam como se alguém estivesse roubando a casa. Mas nada acontecia em Santa Graça. Aquilo era só o cachorro com raiva ou com fome. Latido forte que demorou quase meia hora pra cessar. Quando o bicho terminou de latir, dormi.

LÁZARO DIZ:
A Íris lava prato, lava roupa, lava o chão e a mão dela continua preta. Ela esfrega a trouxa no tanque, água sanitária no chão da varanda. Não adianta: a mão dela é preta e suja.

Minha mãe de sangue era alemã. Ela me deu porque não tinha marido. O padre Arcanjo pediu pras três velhas me olharem e me criarem. Meu sangue é puro, basta me olhar. Não quero brincar com o Ícaro porque ele é retardado.

DONA ROSA MANDA:
Vai brincar com o Lázaro, Ícaro. Menino bonzinho. A Íris não pode te olhar. Ela tem que limpar a casa, lavar os banheiros, fica toda suja. Não vai encostar nela, meu filho. Deus fez cada um de uma cor que é pra que a gente saiba diferenciar o papel de cada um. E a gente não vai brigar com Deus. Onde já se viu?

OLAVO EXPLICA:
Sou louco pelo meu filho. O Ícaro é um menino bom, mas tem muitas limitações. Alguma coisa genética que a gente não sabe explicar. A Ondina e eu fazemos tudo por esse menino e queremos que ele tenha uma vida normal. Ele vai à escola. É muito querido pelos alunos. Não sei se sentem pena dele, aquela coisa das pernas bambas que ele tem, coitado do meu filho. Mas as crianças normais adoram o Ícaro. A gente sente só de ver a carinha dele. Deus é pai todo-poderoso e nos deu esse menino pra cuidar. Temos muitos gastos com o Ícaro, os remédios são caros, mas valem cada centavo pra vê-lo melhor. A Ondina é uma companheira única. Tirei a sorte grande. Fomos abençoados com o Ícaro.

OLAVO PENSA:
Como essa criança baba, tropeça, me dá vergonha. Voa, Ícaro, voa.

ÍCARO PENSA:
De casa, todos os sábados, ao meio-dia, a rua inteira ouve as aulas de piano do Lázaro. Emenda piano com canto e a lição chega a durar uma hora e meia. É também a hora em que o cachorro enlouquece. Piano, latido e canto atravessam a rua. Do meu quarto dá pra sentir tremer o chão. O relógio bate uma e meia e volta à casa o silêncio. O som alto vindo dali me incomoda. Quando fica difícil ouvir tanta confusão, eu bato a cabeça na parede pra ver se aquele barulho todo sai de mim.
    Sem escola pra ir naquele dia, passei o tempo todo na janela procurando ver os meninos dos caramelos. Nada. Devem ter saído do casarão enquanto eu jantava. A gente se desencontrou. A Íris também não viu quando saíram. Talvez passassem por ali depois das seis. Era certo que sentiriam

fome e sede e tocariam a campainha das casas até alguém dar a eles um resto de comida. O menino do olho preto brilhante me procuraria e jogaria, no chão do quarto da mãe, mais um caramelo pra gente brincar. Mas ele não passou nem às seis, nem às sete, nem hora nenhuma.

    No casarão, um cheiro forte de comida. Cozinhavam a carne de domingo. As três irmãs cozinhavam juntas. Dava pra ver, do quarto dos fundos da minha casa, uma ponta do fogão a lenha delas. Potes enormes. O fogo constante, uma função sem fim de comida, talheres, ervas colhidas no quintal. A cozinha era escura, velha. Todo domingo faziam carnes temperadas, aromáticas, corte de primeira, como a Alpínia mesma dizia quando me via na janela dos fundos olhando a vida deles.

ONDINA PENSA:
Todo domingo, antes de almoçar, as três vizinhas do casarão vão à missa. Eu também vou. O Olavo e a mamãe me acompanham. Levamos o Ícaro porque meu menino precisa muito de oração. Nossa Senhora dos Milagres há de interceder e lhe dar as pernas fortes que ele merece, uma fala clara e límpida, a cabeça certa, tadinho. Compartilhamos o pão que é o corpo de Cristo e engolimos o bolo empapado que vira a hóstia depois da breve prece. Deus que me perdoe, mas aquilo me embrulha o estômago desde o catecismo.

    Vão as velhas e o menino Lázaro. Voltam as velhas, o Lázaro e o padre Arcanjo, que almoça no casarão todos os domingos, sem falta.

    O domingo inteiro passa e o padre Arcanjo sai do casarão às quatro da tarde. Carrega uma bolsa e uma marmita. As velhas do casarão mimam o padre o quanto podem. São muito devotas e mantêm uma relação de estreita amizade com ele. De vez em quando, o padre Arcanjo leva o Lázaro com ele pra igreja. Quando coincide de eu estar na varanda e ver os dois saírem, o padre explica que o Lázaro toma aulas de latim com ele no domingo à tarde, horário de folga das rezas.

ONDINA COMENTA:
Aulas de latim... Sei.

ÍRIS FAZ
café para Olavo.

OLAVO OLHA
Íris lavar a colher ensaboada para cima, para baixo, para cima, para baixo.

ÍCARO PENSA:
Naquele domingo, esperei mais uma vez que os meninos da rua fossem no casarão pedir comida, mas não foram. Meus pais insistiam pra que eu brincasse com o Lázaro esquisito. Ele dizia que era médico e cortava bichos pela metade. Costurava e colava pernas de aranhas em corpo de formiga. Tinha também uma coleção de ossos que ele ia encontrando debaixo da terra. A Lobélia contava que, antes de comprar o terreno do casarão, ali tinha sido um cemitério de cachorros. Mas aquilo era história pra assustar criança. O que tinha debaixo da terra era gente mesmo, que estava enterrada havia muitos anos, virando adubo e lenda. O Lázaro achava ossos e construía esqueletos de seres imaginários. Monstros que ele via.

À noite, lá pelas seis, o cachorro latiu com toda a força. O rádio em volume máximo por causa das velhas surdas. Uma hora depois, silêncio. A calada do início da noite de domingo foi quebrada com o ranger do portão de ferro coberto por lodo e ferrugem. O padre Arcanjo estava trazendo o Lázaro de volta. Elogiou o progresso do menino no latim e avisou que o Lázaro já estava de banho tomado. O menino tinha se deliciado com doce de leite e se lambuzado mais que o aceitável pra um rapazinho daquele porte. O santo padre sugeriu então que se limpasse na casa paroquial antes de voltar pra casa. Sem mais conversa, a Alpínia se despediu do padre, que subiu o morro segurando a batina pra não tropeçar, cabeça baixa, sempre humilde.

Fui dormir sem me esquecer do menino dos caramelos. O menino que, pelo jeito, estava desaparecido.

LÁZARO DIZ:
Não quero brincar com você, Ícaro retardado. Sai da janela!
Quando eu crescer, vou ser prefeito. Vou mandar na cidade inteira. Gente pinel que nem você vai lá pra Fazenda Horizontina. Vou fundar uma casa pra loucos. A cidade vai ficar limpinha. Cadê sua empregada preta? Quando Deus fez o homem, os bons entraram na fila e se banharam no lago da pureza. Fui o primeiro da fila. A Íris não chegou a tempo e só lavou a palma da mão e a sola do pé. Por isso ela é preta e suja.
Você não sabe rir, não, Ícaro retardado?

ÍRIS PENSA:
Santa Graça é um vilarejo feito outro qualquer. Funciona direitinho: correios, duas escolas primárias, uma secundária, a rodoviária, a rua do comércio com mercearias, açougues, padaria, papelaria, banco, dois bares, uma biblioteca. Tem moradores ilustres: o padre Arcanjo, o prefeito, o seu Olavo, o dr. Lírio e outros dos quais não se sabe bem a profissão. O Jão da Lavagem tem nome e sobrenome, mas é conhecido

apenas pelo lixo dos baldes que carrega na carroça de boi. Puxa o carro pra cima e pra baixo batendo nas portas das casas e perguntando se tem lavagem. Os moradores separam o resto de comida e gordura dentro de latas grandes que o Jão busca toda tarde, às cinco. Aquela gosma serve pra alimentar sua criação de porcos que vira linguiça, a mais deliciosa, do açougue do Getúlio, no centro da cidade.

Vez ou outra, o meu Jão da Lavagem, que não é meu, para na porta do casarão de onde a Dália traz latas de gordura pesadas. Uma gordura tão espessa que não é possível jogá-la fora no fundo do terreno. Sou eu que recolho aquilo toda semana. Chega a dar dor nas costas de tão pesada a gordura. O Jão fica agradecido pela qualidade impressionante da grossura do óleo. Os porcos adoram. É coisa de primeira linha pros bichos. É duro ver os olhos verdes do meu Jão que nem é mais meu.

ÍCARO PENSA:

A lavagem comum das casas de Santa Graça não se compara com essa do casarão. A Íris trabalha aqui em casa e nas vizinhas. A Íris apanha os baldes e as costas dela até fazem curva. As crianças da escola dizem que a lavagem e a gordura grossas da casa dos meus vizinhos são feitas de poções mágicas de resto de comida que sobra do caldeirão das três bruxas. As três irmãs cozinham praticamente o tempo todo. Eu vejo da ponta da minha janela o fogo que nunca é apagado, as panelas sempre altas e fundas cozinhando algo que nunca fica pronto, como um mocotó feito de osso e pé de bicho.

LÁZARO DIZ:

A lavagem comum das casas de Santa Graça não se compara com essa da minha casa. Dizem que a lavagem e a gordura grossas são feitas de poções mágicas de resto de comida que sobra das panelas das minhas mães. As três cozinham o tempo todo. Uma poção mágica que é feita de osso, orelha e pé.

Ícaro, você é retardado e baba. A Íris é preta e suja. Eu sou branco e puro.

ÍRIS PENSA:
Já fazia um mês que eu vigiava o portão dos vizinhos pra ver os meninos da rua, os do Mata Cavalo, baterem na porta de novo. Mas zarparam dali. A Ester numa aflição que o filho tinha sumido com os amiguinhos, tudo gente lá da minha rua. A dona Rosa disse que meninos pretinhos viviam incomodando as casas das pessoas de bem, pedindo comida, passando trote, atrapalhando o trabalho dos outros em vez de procurarem serviço.
Vou pedir pro padre Arcanjo pra eu me confessar. Vontade grande de matar a dona Rosa.

DONA ROSA MANDA
a Íris limpar o banheiro de novo. Não ficou bom.
Tem que esfregar, minha filha. Separa seus talheres, sim? Você deixou tudo na pia e não vai saber quais são os seus e depois mistura com os nossos. Presta atenção, minha filha. Presta atenção, faz favor.

DONA ROSA PENSA
exatamente o que diz.

ÍCARO PENSA:
Teve um dia que eu ouvi a vó dizer pra mãe que a Íris estava preocupada porque os moleques da rua dela, filhos das

amigas dela, tinham pegado estrada e ido pra cidade vizinha. Entendi, então, que os meninos da rua tinham ido embora. Senti inveja deles que podiam ir pra outras cidades em bandos de amigos, comendo caramelos a hora que quisessem e andando sem tropeçar. Acho que a Íris estava triste porque as mães dos meninos queriam avisar pra polícia do desaparecimento, mas ninguém parecia se importar. Diziam que os negrinhos voltariam quando tivessem fome ou estivessem sujos, mijados e fedidos pra trocar de roupa. As mães das crianças, inclusive duas mulheres que trabalhavam na casa do prefeito, não deviam se preocupar, porque aquilo era coisa de criança.

LÁZARO DIZ:
Os negrinhos voltam quando tiverem fome, Ícaro.
Voltam fedidos, mijados e mais pretos. Voltam sujos. E a Íris que lava e esfrega e não fica mais branca, já viu isso?
Os pretinhos sumiram de Santa Graça porque foram pra cidade grande vender droga.
Ícaro, por que você baba tanto e com essa idade ainda não sabe andar?

AS TRÊS IRMÃS FALAM:
Os pretinhos voltam quando sentirem falta de casa. Criança é assim mesmo. Quando estiverem fedidos e sujos, voltam aqueles negrinhos pra azucrinar a gente de novo pedindo doce. Criança é assim mesmo. Esses pretinhos criados sem ir à missa... Aí está o resultado. Não é cisma nossa, é a verdade. Vê se o Lázaro ia fugir de casa? Isso é coisa de menino largado.

DONA ROSA PERGUNTA PARA DONA ONDINA:
O Olavo sabe o que aconteceu com esses negrinhos?

Lá no Mata Cavalo, a Íris disse que estão querendo chamar o rádio, repórter pra noticiar o desaparecimento. Você sabe onde estão esses meninos, Ondina? E o Olavo?

OLAVO EXPLICA:
Ô Ondina, fala pra sua mãe procurar serviço. Velha insuportável.
Desde que a conversa sobre o sumiço dos meninos dos caramelos se espalhou do Mata Cavalo pro centro de Santa Graça, aquelas miseráveis passaram a guardar seus negrinhos em casa. Dizem que correm perigo e há quem garanta que não foram pra cidade vizinha coisa nenhuma; que eles foram sequestrados. Vê isso, Ondina! Quem ia roubar um negrinho? Se fosse uma criança de olhos azuis, cabelos loiros ou castanhos, aí era de se entender, mas quem ia querer os pretos? É certo que fugiram em bando. Dizem até que foram pra cidade grande, onde tem gente do crime que recruta meninos sem futuro feito eles.

OLAVO PENSA:
Voa, Ícaro, voa. Morre, Ícaro.

ÍRIS RECOLHE
lixo do chão.

OLAVO OLHA
Íris de quatro.

ÍRIS PENSA:
Por via das dúvidas, minhas amigas vinham trancando as crianças que sobraram em casa, tomando conta de perto, e mesmo em companhia de outros meninos era perigoso

saírem. O sumiço dos meninos era uma tristeza pro Mata Cavalo. No centro da cidade, diziam que era normal o sumiço dos moleques e de se esperar que desaparecessem. Não sabiam nem se se importavam com o que podia ter acontecido. Uma coisa era certa na cidade: nunca ninguém sequestraria negrinhos. Não havia nenhum ganho nisso. Lá no Mata Cavalo, começaram a fazer uma reunião toda noite com oferenda à entidade pedindo ajuda pra achar os meninos.

ÍCARO PENSA:
Eu tenho treze anos e vou à escola, às vezes. Minha avó toma conta de mim enquanto meus pais trabalham. Não sei contar mais que dez e ouço vozes que vêm de debaixo da minha cama. O fantasma do vô me visita à noite quando perco o sono. Quando tinha oito anos, passei o aniversário no sanatório. Não me lembro, mas a mãe me contou que fui passar uns dias sendo observado porque tentei pular da minha janela. Eu teria caído dentro do tanque grande em que os patos e marrecos do casarão bebem água. Um líquido barrento e grosso que fede o dia todo, mas é por lá a passagem pra atravessar o oceano. Odeio ter que ir à escola porque, claro, só riem de mim. Alguma professora sempre vem me fazer companhia porque sente pena. Eu preferia ficar sozinho, mas não me deixam. Gosto de ficar em casa, olhar os vizinhos e o casarão. Tem sempre algo de esquisito naquela casa que a cidade inteira imagina ser mal-assombrada. No segundo andar há um mistério que ninguém conhece. Nunca, durante meus anos de vida, vi uma janela sequer do segundo andar da casa aberta. Sempre fechadas, não importa o sol que faça. O pai diz que estão fechadas não por fantasmas, mas porque ninhos de pombos foram feitos lá e as velhas não têm dinheiro pra reformar o forro do telhado. Por isso, deixam tudo

fechado — as janelas e a porta que leva ao segundo andar através da escada da sala.

Mas os pombos, se existem, não dão conta de explicar os gritos de aflição e os choros que eu escuto do segundo andar. Já ouvi várias vezes. Claro, eu escuto vozes e por isso me dão remédio, vejo o fantasma do vô e ninguém acredita em mim. Também não imploro que acreditem em mim. Sei que sou estranho, não tenho amigos e gosto de chamar a atenção. Nessa idade, só sei babar. Andar, um pé depois do outro que é bom, nada.

As únicas crianças que querem brincar comigo são os meninos de rua. Mas neles não posso nem encostar. A Íris me disse que a vó, a mãe e o pai têm nojo de toda mão que é preta, mas acha graça que ninguém reclama das comidas que ela faz, das camas que ela arruma, das roupas que ela lava e passa. Que quando fica assim, possuída, vai na igreja e o padre Arcanjo reza pra ela. A Íris falou que uma hora me leva pra casa dela pra eu brincar com os moleques do Mata Cavalo. Eu sonho com esse dia, mas ele não vem. Com o Lázaro eu não quero brincar. Ontem vi quando ele cortou as pernas de um sapo e colou um osso de galinha de cada lado. Eu sinto medo do Lázaro, mas não quero que ele saiba.

ÍRIS PENSA:
Pobre do Ícaro. Menino doente da cabeça, a melhor ocupação que tem é ficar olhando o casarão. O bom de ser louco é que boa parte do tempo ninguém te incomoda. O Ícaro vigia a casa dia e noite, sempre da janela do quarto dele, da varanda do quarto da mãe ou da janela da sala. Espia sem parar o tanque de água suja pros marrecos. Aquilo brilha um belo arco-íris na hora do almoço. Outro dia, ele me contou que debaixo da água cintilante é o caminho pro Japão. Baba

sem parar e não é fácil entender a língua dele. Tem que ter paciência. Aquilo é remédio demais. Acham que o menino é doidinho, mas aquilo tem é minhoca na cabeça. Pensa demais. Achei um lápis dentro de casa e dei pra ele desenhar. O seu Olavo ralhou comigo. Onde já se viu dar objetos pontiagudos pro menino, ele falou. Era perigoso o Ícaro furar os olhos. Coitadinho desse menino. Fica com as coisas presas na cabeça. Não sabe o que fazer com elas. Por isso essa maluquice de querer atravessar o oceano, ir pro Japão. Doidinho.

Não posso me esquecer de levar mantimento da despensa da dona Rosa. Vou roubar as latas de comida, mas o que eu queria mesmo era matar a dona Rosa.

LÁZARO GRITA:
Ícaro? Você vai à escola todo dia e nem falar sabe. Só sabe babar e cair. Você é um retardado e eu não quero brincar porque você é inútil. Quando eu crescer, vou botar você e os malucos todos dentro de uma casa de pinel.

Você é um retardado. Você sabe falar inglês? E alemão?
*Du bist ein dummer kopf. Ich bin rein und intelligent.*

ÍCARO PENSA:
As três vizinhas nunca convidaram a gente pra ir até a casa delas apanhar ervas. Não ofereciam sacolinha de Cosme e Damião, mesmo sendo muito religiosas. Além de nenhuma janela do segundo andar nunca ser aberta. Sempre que o Lázaro fazia aulas de canto e piano, os berros dos fantasmas tentavam se fazer ouvir. Na minha cabeça era um barulho praticamente insuportável. A vó ligou pra ambulância porque eu uivava de nervoso com tanto lamento e aflição vindo do segundo andar. Ela explicou pros médicos que eu ouvia vozes e que com todo o alvoroço do canto e da música vindos das

vizinhas, a coisa se agravava e eu passava a ouvir gritos. Era, a vó explicava, uma reação ao barulho que eu rejeitava e por isso imaginava ouvir gritos, choros. Eu sei que a vó dizia a verdade. Tudo que eu ouvia acontecia, mas só dentro da minha cabeça.

PADRE ARCANJO COMENTA:
Já tem mais de um mês que os meninos da rua não são vistos. A Íris continua a ladainha de que foram sequestrados e todo mundo ri dela. A preta vive me perguntado o que eu sei, mas mesmo que eu soubesse de alguma coisa, não falaria. Um padre deve ser sempre discreto e não se envolver com coisas mundanas.

Entretanto, estou sempre atento às crianças de Santa Graça. Paro de casa em casa pedindo informação, se alguém tem pista da molecada, se os negrinhos foram vistos em algum lugar.

Teve um dia que até com a polícia eu conversei. Os guardas vieram aqui na casa paroquial. Lá fora, na pracinha, as famílias de Santa Graça dando voltinhas, comprando pipoca. O Ícaro, coitado, de braços dados com a dona Ondina, que era pras outras crianças não sentirem medo. Quando o menino tomava remédio forte, soltava da boca uma baba que, por mais que ele tentasse, não controlava. Enrolava a língua tentando guardar aquilo na boca, mas não conseguia. Esse quadro triste e feio era visto pela cidade toda, e as crianças morriam de medo dele. A dona Ondina dava o braço pra assegurar às outras mães que tudo estava sob controle. O sr. Olavo nunca levava o filho pra passear porque era ocupado demais. Ele vendia livros pro governo: *Enciclopédia da Eugenia Brasileira*. Dava um duro danado e tinha gente que não gostava quando ele tocava a campainha porque achava que o sr. Olavo era espião das autoridades. Isso é gente que precisa rezar mais e pensar menos. Que mal pode fazer um homem branco, honesto e que vende conhecimento? Apesar dos meus esforços, a polícia repetiu que não tinha tempo nem soldado pra ir atrás de negrinho fujão. Eles que voltassem com as próprias pernas, já que foram tão longe. Quem sabe ir, sabe voltar, diziam às mães do Mata Cavalo. Não posso discordar.

PADRE ARCANJO PENSA
nas aulas de latim pros meninos da cidade.

PADRE ARCANJO TEM
medo de Deus
dor de cabeça.

ÍCARO PENSA:
A mãe e eu voltamos do nosso passeio na praça da Matriz. O céu estava se fechando num cinza pesado, grosso. Chegamos em casa. Um bando de pombas voou alto, aos grasnidos, do telhado do casarão. A mãe falou que era presságio de má notícia.
  Tive uma crise, gritei com a vó e me deixaram ficar em casa em vez de ir pra escola. Me pendurei na janela do meu quarto pra olhar o Lázaro lazarento. Naquela manhã ele estava agitado. Foi na varanda dos fundos e trouxe uma bolsa de palha cheia de ossos grandes demais pra serem de cachorros. Ele me disse que tinha achado uma ossada no fim de semana e tinha passado o sábado e o domingo limpando tudo pra ficarem branquinhos. O Lázaro estava construindo um esqueleto feito de dois troncos e preencheria a cavidade da boca com uma língua de verdade. Ele tinha, além dos ossos, também

olhos e até corações guardados em vinagre em algum lugar da casa. A Dália me avisava pra tomar cuidado com as mentiras sem fim do Lázaro. O menino inventava coisas e isso devia ser de família, já que ninguém sabia de onde tinha vindo.

Ele me contou ainda que naquele dia, depois da aula de alemão, ele ia ganhar um prêmio das velhas da casa porque estava indo muito bem nas aulas de latim com o padre Arcanjo. O prêmio era também um presente de aniversário, coisa especial mesmo. Ele ia pela primeira vez tirar a pele de um bicho e desossá-lo com as próprias mãos pra construir um esqueleto novo, grande, o mais humano possível. É lá no andar de cima que isso vai acontecer, ele me disse.

LÁZARO GRITA:
Vou construir um esqueleto com osso de gente. Ícaro, você quer me ajudar? Você não pode brincar comigo porque eu sou inteligente e você é um retardado. *Du bist ein dummer kopf.*
  Você não sabe rir, não, Ícaro? Tem que levar tudo o que eu falo na esportiva. Mas você é retardado e nem deve ver graça em nada. *Ich bin seher inteliggent.*

ÍCARO PENSA:
Eu não deixo de olhar da janela todo dia esperando que os meninos de rua batam na porta do casarão. Guardei os caramelos pretos com gosto de queimado que grudam nos dentes. Fico de olho na varanda do casarão. Não tem mais farra na rua nem brincadeira de jogar o doce pela janela. Espero todo dia, mas eles não vêm.
  Do canto do meu olho, noto algo surpreendente: uma janela do andar de cima da casa está aberta. Nunca, nos meus treze anos de vida, eu tinha visto uma janela aberta no segundo andar da casa.

Corro pra buscar meus caramelos guardados pro menino preto. Não chego a dar dois passos e caio. Eu me arrasto até meu quarto e volto com os embrulhos na mão suada. Miro bem a janela aberta no segundo andar e arremesso certeiro lá dentro. Cheguei a ficar sem ar na expectativa de que algo acontecesse, que ralhassem comigo, que as pombas que moram lá dentro saíssem voando de medo, que um barulho de vidro quebrado cortasse o silêncio. Não demora muito, me atinge no ombro um objeto vindo da janela aberta. Depois mais um, até o terceiro. Cato os embrulhos feitos do mesmo papel de caramelo. Antes de abrir um deles, já percebo que não é o que eu esperava: embrulhado em cada um dos papéis de seda, um dente humano.

DR. LÍRIO E SEU OLAVO CONVERSAM:
Essa gente está se organizando. A Frente Negra Brasileira vem se multiplicando, e agora eles têm o Clube Negro de Cultura Social, têm a Legião Negra. Veja isso, Olavo. Mas eles vão com a farinha e nosso bolo já está pronto, e dele, não vão comer nenhum pedaço. Você veja, meu amigo, que o Movimento Eugenista é o único movimento organizado que realmente pode salvar o país desse tipo de reação. É uma teoria mundial e respeitada. A ciência está aí, não nos deixa dúvidas. E se a ciência não for a força suficiente pra que se ponham nos seus devidos lugares, a Constituição nos garante essa luta. Como se a ciência e a Constituição não bastassem, nossos amigos de São Paulo e da capital, intelectuais, médicos, jornalistas, gente gabaritada e do bem publica artigos que precisam ser ainda mais compartilhados. A população necessita de educação de primeira qualidade. E nós que temos acesso a esses jornais, livros e panfletos temos a obrigação de manter o povo de Santa Graça e região bem informados.

E não são apenas os mestiços e pretos que atrapalham o bom desenvolvimento e o progresso de um país. Infelizmente pra você, meu amigo, é preciso entender que crianças defeituosas não nos dão nenhuma vantagem pra um lugar mais puro, sadio e limpo. Todos temos que pagar um preço pelo progresso, meu amigo.

    Essa preta que você tem vem me servindo cafés cada vez mais mornos, Olavo.

OLAVO PENSA:
Voa, Ícaro, voa.

DR. LÍRIO SENTE
medo de Deus
dor na cabeça
um pouco de culpa.

ÍRIS SENTE
muito;
vontade de matar a dona Rosa, a dona Ondina, o dr. Lírio, seu Olavo, Lázaro, as bruxas, e misturar todos os talheres.

ÍCARO PENSA:
Agarrei os embrulhos de dente e pensei no Lázaro e no presente que ele ia ganhar, no esqueleto que ia construir. Corri o quanto pude, tropeçando as pernas pelo quarto da mãe, pela sala, e entrei no meu quarto em direção à janela pra achar o Lázaro. O que eu queria mesmo era não achar o Lázaro ali no quintal, porque dessa forma eu saberia que quem jogou aqueles dentes aqui em casa tinha sido ele. Meus olhos nervosos com medo de achá-lo rodaram cada canto, e nada do Lázaro. Um arrepio na minha cabeça e um rombo no peito quando,

depois de alguns segundos, reconheci um pontinho na parte de trás do terreiro que fazia fronteira com o Mata Cavalo. Era ele descendo o morro do terreiro do casarão com uma sacola cheia de passarinho morto. Ele acenou pra mim, me chamou de retardado e gritou que tinha seis pardais mortos na sacola e um saco com ossos tão grandes que pareciam humanos. Com tudo aquilo, ele ia construir um homem pássaro.

ÍRIS SUSSURRA:
Fui arrumar sua cama, Ícaro. Achei esses dentes debaixo do seu travesseiro. Que menino levado. O que é isso, Ícaro? Sua avó vai ficar uma fera. Me explica isso?

ÍCARO FAZ
silêncio.

OLAVO COMENTA COM ONDINA:
Não vou demorar. Precisam de mim na região. O que não falta é enciclopédia pra vender. Santa Graça ainda vai ter o reconhecimento que merece da capital e de São Paulo. O que se faz aqui, Ondina, é muito avançado, inovador mesmo.

 Infelizmente, o que não falta é preto querendo virar branco. Fazem tudo igual a gente. Até apoiar governo que quer se livrar deles eles apoiam. São cegos, não têm a inteligência que nós temos. Santa Graça será a cidade mais pura do Brasil. O que essa gente precisa é rezar e pedir a Deus o reino dos céus, se quiserem descansar.

 Você não acha, Ondina, que estamos certos? Pedi a Deus um sinal. Acredito que fazemos o bem, você também acha?

 Aqui, neste mundo, há uma pirâmide, há uma hierarquia e há uma ordem que devem ser mantidas. Não escrevo em jornal, mas sem meu trabalho ninguém saberia onde se esconde o inimigo. Um dia vou receber uma medalha. Estamos do lado certo da história, Ondina. Você vai ter orgulho de mim. Agora vem cá, vem.

**ONDINA ABRE**
as pernas para Olavo, mas não sente nada.

**OLAVO PENSA**
em Íris.

**ÍCARO PENSA:**
Guardei os dentes debaixo do meu travesseiro. Três dentes embrulhados em papel de caramelo. Se eu contasse pra mãe e pra vó, elas iam jogar tudo fora, iam me dar uma bronca e me ameaçar com a Helga, a senhora que toma conta de criança desmiolada. Iam trancar a porta da varanda do quarto da mãe e me proibir de olhar os vizinhos. Contei, então, pra Íris. Ela ouviu tudo com muito medo, mas disse que o casarão era mal-assombrado e que eu devia esquecer essa história de dente, senão eu ia acabar dando trabalho de noite na hora de dormir.

A Íris cuida de mim. Não era pra cuidar, porque ela está aqui em casa pra fazer comida e limpar o chão, mas ela passa a mão na minha cabeça, limpa a minha baba quando eu tomo remédio, me ajuda a andar sem tropeçar nos meus próprios pés e me conta histórias. O pai eu não vejo há quase um mês. Ele roda a região batendo em portas, oferecendo a *Enciclopédia da Eugenia*. Eu tenho orgulho do pai e chego a sentir pena quando batem com a porta na cara dele.

**LÁZARO FALA:**
Ícaro, sai dessa janela, retardado. Deixa só eu crescer mais um pouquinho e vou virar político. Vou levar você lá pra casa do

pinel. Manda a Íris acabar logo o serviço aí porque tem chão pra ela lavar aqui. Quem sabe hoje ela lava direito aquela mão preta dela e fica limpa e pura? Íris preta e suja. Ícaro retardado.

ÍRIS PENSA:
Ninguém aqui é rico, mas tem sempre jeito de arcar com meus serviços. Devo ser muito miserável pra aceitar trabalhar ouvindo desaforo em casa de pobre metido a bacana. Ganho uns trocados no fim do mês. Tenho hora de chegar, mas não tenho hora de sair. Incremento o salário baixo com uns perdidos na despensa. Entro pelo portãozinho dos fundos e tenho um banheiro só pra mim porque minha merda fede mais que a deles, devem achar. Só como depois que terminam de almoçar com um garfo e faca também separados só pra mim porque minha boca deve ter doença, eles imaginam. A dona Rosa e a dona Ondina não dizem que ser preto é doença, mas não posso nem encostar nelas. E não eram só as duas que diziam isso. Dizem que os jornais que chegam aqui em Santa Graça publicam os maiores pensadores que espalham as ideias de limpeza pro progresso de um país. Preto e louco são uma vergonha pra uma cidade que quer ser modelo feito Santa Graça. Meu primo Cornélio manda carta de São Paulo e diz que as coisas vão melhorar pros de cor, mas demora ainda. Tem jornal de preto na cidade grande. Tem um com um nome bonito de doer: *Clarim da Alvorada*. Mas aquilo não chega aqui é nunca. E mesmo se chegasse, quase preto nenhum sabe ler. Só jornal de branco mesmo que tem utilidade por aqui.

DR. LÍRIO EXPLICA:
Veja lá, dona Ondina, que seu filho vai sair de braço dado com uma negra! Santa Graça inteira ia rir da sua família. Ainda não sabemos muito bem, mas há certos riscos de contágio até

agora não confirmados. É melhor evitar. Leve o Ícaro a senhora mesma pra dar voltas na praça. Logo a Helga estará disponível e vai poder fazer esse serviço, mas a negra, não recomendo. Vou deixar aqui amanhã com o Olavo alguns panfletos do nosso querido *Jornal da Eugenia*. Sei que alguns pretinhos não são vistos faz algum tempo, mas ainda há alguns por aí. Se aparecerem pedindo comida, mande que ponham debaixo das portas das casas do centro de Santa Graça. Se sobrar papel, que enfiem debaixo das portas do Mata Cavalo, mas que se atentem pra não desperdiçar papel, porque aquela gente não lê. E se lê, não entende bem.

DR. LÍRIO SENTE
medo de Deus;
medo dos pretos;
dúvida;
culpa.

PADRE ARCANJO COMENTA:
Os panfletos explicam que Santa Graça deve seguir a tendência progressista do país através das mentes mais brilhantes de cientistas e intelectuais, e abraçar a causa eugenista. O dr. Lírio tem grande orgulho de fazer parte do comitê de eugenia que se reúne em São Paulo e no Rio de Janeiro quatro vezes ao ano. Volta pra Santa Graça com muitas ideias e muito entusiasmo. Um homem sem dúvidas do seu dever. A cidade é pioneira em muitas iniciativas que estão abrindo caminhos pra um país muito melhor, livre de contaminações. Uma pena, mas gente como a Íris iria, aos poucos, desaparecer do mapa. Mas isso ia demorar um pouco porque a negra ainda tem muita utilidade. É pessoa de muita confiança que, além de se pôr no seu devido lugar, é temente a Deus e tem

acesso ao casarão. Não faz perguntas e fica em silêncio. É discreta. Gente de confiança.

PADRE ARCANJO SENTE
temor a Deus;
dor na consciência;
a mão debaixo da batina;
desejo por meninos.

ÍCARO DIZ:
Minha mãe me disse que eu precisaria ir à escola. A vó tem consulta médica na cidade grande e não pode me olhar. Pedi pra ficar com a Íris, mas a mãe não deixa. Me avisa do perigo que é ficar com uma negra sozinho em casa. Ela pode fazer várias maldades, roubar, me bater, e minha mãe não quer arriscar. Acabei tendo que ir pra escola. Pedi pra Íris vigiar os vizinhos e, se tivesse algum sinal dos meninos de rua, me contar quando eu voltasse pra casa. Na escola, tudo como de costume. Tomei remédio pra não bater a cabeça na parede e não gritar, falar bobagem. Como consequência, babei durante toda a primeira parte do dia. Todos os meus colegas apontavam pra mim enquanto eu enrolava a língua tentando travar a boca. Alguns sentem medo e choram. Esses que choram me dão nos nervos porque eu não quero que sintam nada disso por mim, quero só que me deixem em paz. Na hora do recreio, vem uma professora e se senta do meu lado. Tem um banco pintado de amarelo em frente ao ipê-branco do quintal da escola e lá eu fico. Sonho em pular da janela do meu quarto pra dentro do tanque de água pros patos dos vizinhos. Sei que lá dentro é fundo, um voo que vai me fazer flutuar e sair desse desassossego que são as outras crianças. Mas nada disso é possível porque, além de tomar remédio demais,

estou sempre acompanhado por alguém. Só a Íris me ouve. Só ela sabe dos meus sonhos.

Fiquei sentado no banco pintado de amarelo o recreio inteiro. Balançava a cabeça e as pernas. Minha baba grossa que caía e a língua enrolada não me deixavam falar coisa com coisa. Eu era uma cena de terror, lamentável. Punha as mãos trêmulas sobre o rosto pra escondê-lo, mas os dedos tortos faziam que eu ficasse ainda mais parecido com um monstro. Tentei tantas vezes não tomar o remédio porque minha boca assustava os outros e eu tinha vergonha disso. Mas a mãe e a vó sempre me pegavam quando eu tentava esconder os comprimidos.

Acabou o recreio, entrei na fila, o último. Fiquei nervoso porque a professora avisou que íamos fazer trabalho em grupo. Sempre que isso acontece, fico agitado, procuro uma parede pra bater a cabeça. É que a molecada toda faz um esforço tremendo pra eu não entrar em grupo nenhum. A professora nomeia cinco crianças e essas mesmas crianças têm que ir escolhendo um a um da sala até formar o grupo. Enquanto isso acontece, eu junto as mãos e tento tapar a boca, escondendo a baba que cai, malditos remédios! Escondo a boca e bato os pés tortos, virados pra dentro, um em cima do outro. Eu devo mesmo dar medo nas outras crianças, porque ninguém me quer no grupo. Chega no fim e a única criança sobrando sou eu. A essa altura, já estou todo mijado e fedido, porque fico nervoso demais. Sou levado pra secretaria e fico lá até alguém de casa vir me buscar. Nesse dia, com a mãe trabalhando e o pai viajando pra vender enciclopédia, só sobrou a Íris. Quando ela chegou pra me buscar, me deu um abraço. O abraço da Íris é a melhor coisa que já me aconteceu na vida. Naquela tarde, tentei morrer, mas a Íris não deixou.

LÁZARO GRITA:
Ícaro, você se mijou na escola de novo? Que retardado! *Du bist ein dummer kopf.*

ÍRIS PENSA:
Lá se foi esse menino pra cama, amarrado e cheio de remédio. Debaixo do travesseiro, três dentes embrulhados no papel de seda do caramelo preto de gosto queimado. Daqui a pouco vem o dr. Lírio dar uma olhada nele. O médico fala perto do menino que é uma falta de sorte danada ele ter os miolos moles porque, com uma pele alva dessa, poderia procriar quando crescesse, fazendo do país um lugar mais digno, mais puro. Já me acostumei a ouvir essas coisas. Vivo com vontade de matar essa gente e nem sei direito o porquê. Preciso é rezar mais, ir me confessar com o santo padre. O dr. Lírio mal chegou pra ver o menino e sugeriu que a dona Ondina considerasse a Helga pra tomar conta dele. Ele dizia que logo, logo ela estaria procurando outra casa pra trabalhar. Uma senhora de grande confiança, muito qualificada pra olhar meninos e meninas com defeitos. Conhecia todos os remédios, tinha estudado essas coisas de química, era uma pessoa muito estimada pelo padre. Uma mulher branca, de pele rosada, olhos azuis, cabelos loiros. Seria uma enorme sorte do Ícaro ter a Helga por perto. Não queriam de jeito nenhum que eu ficasse com o menino. O mínimo contato possível era a recomendação médica, conforme explicitavam uns papéis vindos de São Paulo. A gente aceita porque a vida é assim, mas que dá vontade de matar essa gente, isso dá.

ÍCARO OUVE
Lázaro tocar piano e cantar. Naquele mesmo momento, ecoam vozes e gritos e choros lá do segundo andar.

ÍCARO PENSA:
A vó insistia que meu delírio era causado por meus remédios muito fortes, mas que se eu tomasse tudo certinho, ia parar de ouvir tanta asneira e só escutaria o Lázaro na voz e no piano. Enquanto eu dormia com tanta medicação, o fantasma do vô apareceu. Ele me deixava pistas e naquela noite me disse pra guardar os dentes enrolados na seda do caramelo e pra ouvir o Jão da Lavagem. Havia algo em comum. Também falou sobre o padre Arcanjo e seus almoços de domingo. Acordei e vomitei muito. Precisava me levantar. Queria saber o que significava a mensagem do vô. Consegui sair da cama enquanto a mãe trabalhava e a vó fazia bolo. A Íris me desamarrou e disse que, se desse qualquer problema, pra eu falar que consegui me desatar sozinho. A Íris precisava muito daquele trabalho. Cinco da tarde e o Jão da Lavagem, com o burro puxando a carroça, vem andando lentamente, gritando aos moradores de Santa Graça: quem quer lavagem? Do lado de fora do casarão, a Lobélia e a Alpínia esperam o homem com dois latões de gordura. Ele agradece muito. Vai embora e as velhas voltam pro fogão a lenha. Lá do meu quarto, vejo a função na cozinha. Na panela, um ensopado. Dentro da panela, um calcanhar. Deviam estar preparando o porco pro almoço com o padre Arcanjo.

ÍCARO VÊ
Lázaro lendo o *Boletim da Eugenia*.

ÍCARO PENSA:
Lê muito, o Lázaro. O *Boletim da Eugenia*. Ele é muito inteligente, o Lázaro.
   Ele me viu. Perguntou se eu já tinha aprendido a andar e soltou a gargalhada de sempre depois de me perguntar alguma coisa. O Lázaro ri muito. Ele largou o jornal e me disse que

as três velhas cozinhavam um cordeiro inteiro pro domingo. Disse ainda que estava preparando um esqueleto o mais próximo possível de um humano. Faltavam os dentes e o crânio. Esses eram difíceis de conseguir porque o padre Arcanjo não deixava. Cabeça de gente é coisa sagrada. Dizia que Deus ia castigar quem brincasse com essas coisas.

DONA ROSA FALA ALTO:
Santa Graça está no rádio. Escuta, Ondina. Estão falando dos negrinhos fujões. Um advogado da região quer investigar, estão dizendo. Parece que o doutor advogado quer bater de casa em casa no centro de Santa Graça pra ver se encontra rastros dos moleques. Uma perda de tempo: a essa hora devem estar no bem-bom em outra cidade. Decerto que se envolveram com drogas. Eram criados soltos demais. As mães, em vez de tomar conta deles, trabalham nas casas do centro. Aí, já viu. As crianças crescem sem aquele alicerce, né? Deu no que deu. Que sirva de lição, né, Ondina? Deus que nos proteja dessas desgraças!

ÍRIS PENSA:
A dona Rosa e a dona Ondina merecem morrer. Preciso rezar mais.

ÍRIS COSPE
no arroz-doce que serviu para dona Rosa e dona Ondina. Elas adoraram.

ÍRIS PENSA:
Minha mãe trabalhava no centro de Santa Graça. Como nos conformes, eu também fui trabalhar no centro da cidade. Nossa casa sempre foi no Mata Cavalo. Olhamos os filhos dos

outros, fazemos comida boa e fresca pras famílias dos outros, limpamos as casas e cuidamos dos jardins que nunca teremos.

Meu amor sempre foi o João Marcolino. O Jão, desde menino, feito eu, trabalhava de empregado, juntava lavagem das casas de Santa Graça. Ficou órfão aos sete anos e sempre viveu no casebre da nossa rua, rodeado pelos porcos que passaram a ser seu ganha-pão. Sempre foi o melhor fornecedor de suínos da cidade, melhor até que os que vinham da fazenda do senhor prefeito. Quando notou a dedicação do Jão pro trabalho, o prefeito sugeriu que o rapazinho trabalhasse pra ele. Em troca receberia assistência médica, o casebre mais ajeitadinho. Mas o que sempre aconteceu foi que o Jão passou a dar metade do preço dos porcos ao prefeito e sempre precisou entrar na fila do hospital como todo pobre pra se tratar, fosse de bicho-de-pé encravado, fosse pra tosse de pneumonia. O Jão nunca questionou a vida. Não foi à escola e viveu ali, contente porque era assim que tinha de ser.

Eu catei os olhos dele numa tarde de calor e dança de rua. O Jão, já crescido, puxava um cigarro de palha do lado de fora do casebre. Quando me viu com o olhar parado nele feito teimosia, deu dois goles de pinga e veio falar comigo. Passamos a namorar. Quando o Jão me pediu em casamento, eu já esperava nosso menino. Sonhava com nosso pretinho de olho verde igual ao do Jão. Mas o menino não veio. Já tinha até nome. O Joaquim virou uma apendicite terrível. Quando procurei o dr. Lírio e ele viu a gravidez, mandou me operar. Disse que parecia feto, mas era apêndice infectada, e minha sorte grande foi que ele fez uma cirurgia ali mesmo. Quando o apêndice saiu, o Joaquim veio junto. O dr. Lírio ainda foi um bom homem: embrulhou o menino em palha e me deu. Ordenou que o enterrasse e está lá, debaixo da bananeira. Pelejamos, o Jão e eu, mas menino nenhum apareceu depois do Joaquim.

Fiquei com aquilo encasquetado na cabeça. Depois da minha cirurgia, as pretas do Mata Cavalo apareceram com apendicite também. O dr. Lírio e o padre Arcanjo foram lá no nosso bairro convidar cada uma a ir ao hospital, tudo pago, comida quente de graça no quarto enquanto se tratavam. Chegaram a dizer que era uma epidemia de apendicite. Mas a gente que não estuda não sabe que aquilo era conversa fiada. Quando um moço do posto de saúde da cidade grande veio visitar a gente, disse que era esquisita a história de epidemia de apendicite porque a coisa não passava de um pro outro. Com contágio ou sem contágio e a pedido do santo padre, convenci as negras do Mata Cavalo que quem estivesse com até trinta anos tinha que ir ao hospital ver o apêndice. A gente toda com fome e precisando dormir numa cama direito, todo mundo foi operar. Em troca, eu ganhava um dinheiro pra comprar uma casa no centro de Santa Graça, mas a quantia nunca dava. Eu sonhava com muita coisa. Quando eu era bem pequena, a mãe pedia pra gente que é preto tomar cuidado porque o circo que passava na cidade raptava menina como eu, dava sumiço. Sempre sonhei em ir embora com o circo. Pelo rádio, sei que tem a Companhia Negra de Revista, que tem gente como eu que vai embora com o circo e vive de cantar. Mas aqui em Santa Graça não passa circo, a mãe estava errada. Aqui nada acontece. Meu sonho, então, é uma casa ajeitada no centro. Eu também mereço, afinal de contas.

ÍCARO PENSA:
O sono não vem.
    Já são mais de dez. A casa em silêncio. Só o fantasma do vô está no meu quarto. Levantei-me da cama, abri a janela. Lá embaixo, o tanque de água no qual bebem os patos e os marrecos do casarão. A água que devia ser profunda, a água que

ia me levar pro outro lado da terra. Abri os braços pra voar. Parei num susto quando vi uma figura de roupa preta e comprida com uma sacola na mão. Apanhei minha lanterna, que eu guardava no buraco da madeira quebrada do parapeito, e joguei na cara do intruso. Debaixo do capuz, o padre Arcanjo. Abaixou a cabeça e correu em direção ao portão lateral com a sacola que parecia pesada. Tive medo. Queria morrer, mas não queria ser morto, principalmente pelo padre Arcanjo.

ÍRIS, ÍCARO, LÁZARO, AS TRÊS IRMÃS, OLAVO, DR. LÍRIO, DONA ROSA, DONA ONDINA, PADRE ARCANJO E TODA A CIDADE ESCUTAM:

Boa tarde, senhores ouvintes. O Departamento de Imprensa e Propaganda vai transmitir o Programa Nacional, neste dia 7 de setembro, no estádio do Clube de Regatas Vasco da Gama, no bairro carioca de São Januário, onde todos os anos têm sido realizadas concentrações do povo brasileiro para ouvir os pronunciamentos do presidente Getúlio Vargas.

O povo brasileiro, em seu pleno exercício de decência, deve promover e apoiar atos e ideais sanitaristas, eugenistas e higienistas, para a plena difusão das medidas modernas proclamadas pela Liga Pró-Saneamento e pela Liga de Higiene Mental para amplo desenvolvimento da sociedade brasileira. O presidente do Brasil e todas as famílias brasileiras de bem devem entender a importância da política eugenista como aquela de aperfeiçoamento do povo brasileiro. Faz-se urgente propagar tal teoria de melhoramento científico, já em franco desenvolvimento e uso em países do Primeiro Mundo.

Segundo a Constituição dos Estados Unidos do Brasil, datada em 1934:

Art. 138 — Incumbe à União, aos estados e aos municípios:
- estimular a educação eugênica;
- cuidar da higiene mental e incentivar a luta contra os venenos sociais.

OLAVO DIZ:
Santa Graça ainda vai ser referência no mapa brasileiro. Nossa política eugenista é das mais audaciosas e avançadas. Vai chegar o dia do nosso reconhecimento. O mais importante é a semente que estamos plantando. Cadê a empregada? Já viu como está suja a garagem, Ondina?

OLAVO PENSA
na Íris;
no corpo escuro da Íris;
coitada da Íris.

ÍCARO PENSA:
Depois de enxergar o padre Arcanjo de madrugada no casarão, passei a acordar suando e com medo da visita dele na minha casa.

Dois dias depois, num domingo bem cedo, antes da missa, bateram na porta de casa. Era ele.

A Íris não trabalhava domingo, não ia poder me ajudar.

Do meu quarto, ouvi o padre dizer que almoçaria no casarão e que eu estivesse pronto às cinco da tarde. Iríamos juntos pra casa paroquial fazer uma necessária sessão de exorcismo. Disse aos meus pais que eu andava espionando da janela e atrapalhando a dinâmica de Santa Graça, e que Deus estava muito bravo comigo.

(*Meio-dia*)

Àquela hora, o padre Arcanjo já tinha acabado a missa e devia estar chegando à casa das três velhas.

(*14h48*)

O relógio marcava quase três da tarde. O padre Arcanjo bateu palmas e a mãe foi falando pra ele entrar. Eu estava sentado na cama, banho tomado, cabelo repartido de lado, esperando que o padre me levasse pra tirar de mim o demônio.

Fiquei com muito medo do pai me bater porque, se alguma coisa estivesse errada, ele ficava nervoso. O fantasma do vô me contou uma vez que eu devia ter cuidado com o pai e ficar feliz quando ele saía pra vender enciclopédia. Num sonho, o vô me falou que, quando eu era bebê, o pai ficou furioso porque foi dedurado por causa de uma família preta que desapareceu completamente de Santa Graça. O pai tinha ido na casa dessas pessoas vender livros e, por coincidência, sumiram da cidade horas depois. Chegou em casa, bateu na mãe e me sacudiu até eu perder o ar. O vô apanhou ele no flagra e me levou pro hospital, mas, desde então, tive que tomar remédio e meus pés tropeçam, não andam bem. A medicação ainda me deixa com ideias que ninguém entende. Quando eu contava essas coisas pra Íris, acho que metia medo nela, mas ela ria e falava que aquilo era sonho e pra eu parar de comer pipoca com queijinho na praça de noite, que queijo faz sonhar.

Senti meu coração na boca quando notei que o pai subia as escadas. Certamente vinha falar comigo, me bater, gritar. Veio com a mãe e, atrás da mãe, o padre Arcanjo.

Eu me escondi debaixo do lençol. Agarrei os três dentes que me faziam companhia e fechei os olhos. O pai abriu a porta e mandou que eu me sentasse. Fiquei com muito medo e me fingi de morto. O pai, então, me agarrou pelo braço e me fez sentar na cama, gritou pra eu me comportar feito um homem. O padre Arcanjo me olhava e fazia o sinal da cruz. Dizia ter

certeza de que o diabo tinha ido morar em mim e que um exorcismo era urgente. O padre me esperaria naquele domingo às cinco da tarde, quando terminaria as aulas com o Lázaro. Ele esperava que depois eu não precisasse ser internado e passasse a me comportar melhor. Com toda a força que o pai fazia no meu braço, comecei a chorar de dor, soltei um grito e larguei das mãos os três dentes humanos que me faziam companhia, que pipocaram no chão como pedras soltas de um colar.
 O padre Arcanjo, horrorizado, tirou o crucifixo do bolso e gritou pra que o satanás me deixasse. Os dentes humanos, ele tinha certeza, eram a prova de que eu sabia de coisas impróprias e que aquilo era uma razão mais que suficiente pra eu ficar sob os cuidados da Helga. Logo ela estaria com os dias livres e viria cuidar de mim com gosto. Hora de parar com tanta danação, disse o padre.

PADRE ARCANJO EXPLICA:
Sr. Olavo e dona Ondina, o menino Ícaro está descontrolado. Vamos dar um jeito nele, mas a Helga terá que vir. Ela virá com gosto, assim que terminar o trabalho atual. Amanhã mesmo já mando recado pro prefeito que nos envie essa moça tão capaz pra cuidar do menino Ícaro.
 Estes dentes eu levo comigo. Que Deus tenha pena dessa criança.
 Espero por vocês às cinco.

OLAVO GRITA:
Anda direito, rapaz, estamos atrasados. Para de tropeçar. Anda direito, Ícaro. Para de babar.

OLAVO PENSA:
Voa, Ícaro, voa. Morre, menino, morre.

ÍCARO PENSA:
Um pouco antes das cinco, saí de casa pro exorcismo. A mãe de braço dado comigo e o pai em passos apressados na nossa frente. Eu estava com raiva, nervoso, e minhas pernas me desobedeciam. Babava muito também. O pai tinha vergonha e raiva. Me batia enquanto eu andava, me mandava caminhar feito gente. Quanto mais ele falava isso, mais eu tropeçava, e ele achando que eu fazia aquilo pra provocá-lo.

O pai bateu na porta da casa paroquial, o padre atendeu e mandou que esperássemos na sala. Apenas duas cadeiras numa sala simples como Deus queria. Meus olhos viram, da greta da porta, o Lázaro. O rapaz estava sem roupa, deitado na cama, de costas. Lá de dentro, os olhos em fogo do padre cruzaram com os meus. Ele veio até a sala e disse que o Lázaro estava descansando. O menino não se sentia bem, talvez pelo cérebro trabalhar em excesso. O padre, como homem temente a Deus, precisava deixar a criança descansar quando percebia trabalho intenso. Fez o sinal da cruz ao tocar minha mão e orientou a mãe e o pai que me levassem pra sacristia.

Eu nunca tinha ido à sacristia. Durante um tempo eu quis ser coroinha, mas o padre não me aceitou. Dizia que eu era abobado, e com as pernas tortas daquele jeito acabaria deixando cair alguma peça sagrada.

Sentei-me numa cadeira velha de frente pra imagem do Cristo morto. Tinha tanta coisa pra contar pra Íris e aquele era o domingo mais longo da minha vida. Eu ia pedir que ela me escondesse na casa dela porque senão a Helga viria cuidar de mim. Eu tinha certeza de que uma hora os meninos pretinhos da rua voltariam pra brincar de caramelo, aquele com gosto de queimado que agarra nos dentes.

Depois de molhar as mãos com água benta, o padre Arcanjo pediu pra que meus pais o deixassem sozinho comigo, porque só assim o exorcismo funcionava. Comecei a bater o pé com força e minha língua enrolava de medo do padre. Meus pais saíram de prontidão e ele pediu que eu tirasse a roupa, prova de humildade perante Deus. Balancei a cabeça que não. Eu me agarrei ao pano que cobria a mesa, lutando pra que ele não me encostasse a mão. Além de medo, eu tinha muito nojo do padre Arcanjo, que comia ensopado de porco o tempo todo e vivia com uma baba branca nos cantos da boca. Ele pegou meus dedos com força, tentando destravá-los da toalha. Naquele momento ele chegou bem perto de mim, encostou o peito na minha cabeça e a perna na minha coxa. De nervoso, fugi pra debaixo da mesa e, então, vi a sacola que o padre carregava frequentemente, cheia até a borda de pedaços de pau esbranquiçados grandes e pequenos, finos e largos.

ÍRIS, AS TRÊS IRMÃS, OLAVO, DR. LÍRIO, DONA ONDINA, DONA ROSA, PADRE ARCANJO E HELGA OUVEM UMA SEMANA ANTES DO EXORCISMO DE ÍCARO:
A Rádio Minas noticia:
A polícia na cidade de Monte Novo, no estado de Minas Gerais, apreendeu um banco de ossos humanos clandestino. Dois sujeitos pardos foram presos em flagrante. Os dois elementos informaram que trabalhavam no cemitério, limpando os restos mortais que eram vendidos para médicos e dentistas. Procurados pela polícia, o médico e o dentista de Monte Novo negaram qualquer envolvimento. Os dois pardos foram presos na cadeia municipal.

ÍCARO PENSA:
Gritei tanto e bati tanto a cabeça debaixo da mesa que a mãe apareceu na sacristia. Eu estava sem a camisa, pois o padre Arcanjo tinha arrancado, e saía sangue da minha cabeça.

O padre gritou pra que a mãe saísse da sala, já que naquele exato momento ele brigava contra o diabo que estava dentro de mim. Contou pra mãe que até a roupa eu queria tirar, prova de que o Satanás e a sem-vergonhice me atacavam. Quis gritar que era mentira, mas a minha língua enrolada não conseguia falar nada. O pai chegou e o padre Arcanjo sugeriu que o dr. Lírio fizesse uma visita. Além dos negros, os avoados estavam em Santa Graça pra atrapalhar o projeto de purificação, e que meus pais ponderassem sobre minha utilidade. Uma criança doente daquele jeito, além de assustar as crianças normais, dava muito trabalho com as alucinações, acusações em vão. Além de não ser confiável, custava muito dinheiro pros meus pais.

Não me lembro de ter ido dormir. Quando acordei, estava enfraquecido. Eu me levantei e caí. Minhas pernas não me obedeciam. Era segunda-feira e ouvi a voz da Íris lavando a varanda. Quando ela veio limpar meu quarto, contei pra ela tudo o que tinha acontecido e pedi que me levasse embora. Ela sorriu, deve ter sido de pena. Eu sabia que era arriscado demais me levar embora de casa.

ÍCARO OUVE:
A Helga virá tomar conta dele.

ÍRIS PENSA:
Esse menino sem cor precisa tomar um sol. Ponho ele na janela pra ver os marrecos, vigiar o Lázaro lazarento, apreciar o tanque de água que esse menino doidinho diz que vai parar lá no Japão.
A gente que não é mãe dos neguinhos, já se acostumou com o sumiço. Pra onde foram aqueles moleques sem deixar rastro?

ÍCARO PENSA:
Pra onde foram os meninos sem deixar rastro? Fiz sinal pra Íris me pôr na janela pra eu ver o casarão, as três velhas, o Lázaro, os marrecos, o tanque de água cintilante que vai pro outro lado do oceano. Sentei numa cadeira que dava altura e fiquei lá olhando o sol bater na água barrenta. Será que as mães dos meninos já se acostumaram? Por que será que a Íris não tem filho?

ÍRIS PÕE
a mão na barriga;
os olhos de pena em Ícaro.

ÍRIS SUSSURRA PARA ÍCARO:
Tive com criança na barriga, mas o dr. Lírio fez uma operação. O médico me falou que eu estava com apendicite, mas não me doía em lugar nenhum. Mesmo assim, ele insistiu em me operar. Depois de muito tempo, pelejei pra arrumar filho com o Jão, mas não consegui. Não fui a primeira nem a última a ser operada de apendicite pelo dr. Lírio. Todo mundo que operava ficava sem conseguir pegar criança. Parecia até um castigo de Deus matando a gente tudo pobre do Mata Cavalo. Meu Joaquim, que saiu ainda num bolinho, ficou enterrado debaixo da bananeira perto de casa. Tadinho, veio junto com o apêndice.

ÍCARO PENSA:
As vozes do casarão continuavam, e passei a semana muito nervoso, sem conseguir me levantar sozinho da cama ou da cadeira. Os uivos do segundo andar eram tão altos na minha cabeça que eu chorava, tapava a boca como se tentasse calar todos os berros que ouvia. A Íris também ouvia, mas a mãe, o pai e a vó não ouviam nada. Diziam que a preta não era de

confiança e que minha cabeça estava pifando de vez. Se seguíssemos a recomendação do padre Arcanjo e do dr. Lírio, eu ficaria bem melhor sob os cuidados da Helga. Mas o vô não gostava dela. Sonhei com ele me contando que ela não gostava de criança.
 Naquela segunda, almocei e pedi pra Íris pra voltar à janela. Dava pra ver o fogão a lenha. O Lázaro me disse que suas três mães caprichavam na feijoada e que o que não faltava eram orelha, pé e nariz. Focinho, ele corrigiu rapidamente enquanto gargalhava.
 O que cozinhava sem parar no fogão a lenha das três velhas? Por que o fogo nunca era apagado? Por que a gordura que o Jão da Lavagem carregava de lá era mais grossa que tinta fresca? O vô não aparecia pra me contar.

OLAVO CONVERSA COM HELGA
(ninguém ouve).

OLAVO VÊ
a Íris agachada lavando o banheiro.

OLAVO PENSA:
Voa, Ícaro, voa. Morre, menino, de uma vez!

ÍCARO ESCUTA
Íris contar que tem visita. Diz que a Helga tinha chegado pra me ver, pra eu não ficar com medo, que ela ia sempre ficar de olho na polaca.

ÍRIS PENSA:
A dona Rosa me mandou limpar o quarto de hóspedes pra polaca que vai morar na casa. Trocar lençol, o melhor que

tivesse, refrescar o ar, abrir as janelas e deixar entrar o sol. Mandou eu fazer bolo, suco, parecia que o imperador do mundo estava vindo visitar. Limpar o banheiro pra loira fazer o cocô dela, cocô importante, nobre, não que nem o meu. Vontade grande de matar aquela velha. Deus que me perdoe.

DONA ROSA TEM
nojo de Íris;
raiva de Íris;
roupa e comida velhas pra dar a Íris.

DONA ONDINA PENSA:
Helga, estatura baixa, calças compridas, camisa abotoada sempre de manga longa e as mãos cruzadas na altura do ventre. Contou que tinha chegado em Santa Graça fazia muito tempo. Uns diziam que era alemã, outros comentavam em voz baixa que era fugida de colégio de freira, outros afirmavam que vinha da capital, onde tinha estudado pra ser enfermeira. Os cabelos loiros e presos num coque seboso que não saía do lugar. Portava também um grosso e generoso buço que era loiro também, mas num tom mais escuro que os cabelos da cabeça, e fazia contraste com a pele rosada.

DONA ONDINA FALA:
Seja bem-vinda, minha filha. Mas que moça linda! Que olhos! Sinta-se em casa. O Ícaro está ansioso pra te conhecer.

DONA ROSA PENSA
que as mãos da Helga são tão brancas;
no nojo que sente da Íris.

**LÁZARO GRITA:**
A Helga já chegou, retardado? Pelo menos agora você não vai precisar encostar a mão na Íris preta. A Helga é branca que nem eu. É limpa. Vê se aprende a andar agora. Já viu o esqueleto que eu construí? Consegui dentes e outros ossos que o padre Arcanjo guardou pra mim.

**ÍCARO E ÍRIS OLHAM**
a Alpínia descer o fundão do morro, entre as bananeiras. Estava coberta de sangue e levava um saco grande nas costas. Quando os viu, mandou que saíssem da janela. Gritou que não vigiassem a vida dos outros e que eles estavam passando dos limites. O saco, ela quis explicar, trazia patos e marrecos pro assado de domingo. Alguém tinha que sacrificar os bichos se quisessem comê-los. Ninguém abatia tão bem quanto ela. Não demorou e a Alpínia voltou pra beira do Mata Cavalo. Foi buscar mais saco. Dessa vez, uma meia dúzia, cheios de carne e sangue. Era pro banquete. A pele, cozida por horas no fogão a lenha, virava gordura. Enquanto olhava a velha, os gritos de dentro do segundo andar do casarão só não cresciam mais que a aula de piano e canto do Lázaro.

**ÍCARO PENSA:**
A Íris me ajuda a debruçar pra olhar o arco-íris da água no tanque dos patos. A Íris me segura pelas pernas, mas eu não sinto nada. Me segura pra eu não cair. Se caísse dentro daquilo ia, decerto, parar no Japão, atravessar o oceano. Mas o sol nos meus olhos me faz ver tudo claro demais, sem nitidez. Eu me debruço mais. Tenho certeza de que a Íris me segura pra baixo, e não pra fora.

Quando a Helga chegou, a Íris e eu não nos mexemos. Ela continuou me segurando perto da janela. A loira se aproximou, disse seu nome e eu me apresentei pra ela, mas minha língua já não me deixava nem falar meu nome. A Helga se disse escandalizada com tanta intimidade entre mim e a Íris. Uma negra agarrada às pernas de uma criança branca, como permitiam isso? A Helga gritou que a Íris me deixasse, que ela a partir de agora tomaria conta de mim. A Íris resistiu e segurou com força minhas pernas. A Helga insistiu em afastar minha Íris. No embate entre as duas, senti as pontas dos meus dedos molhadas e uma falta de ar como se estivesse vivo. O reflexo do brilho colorido do barro e do sol na água aumentava enquanto meus braços atravessavam a superfície. A Íris me dizia que ficasse em paz porque finalmente eu chegaria ao outro lado do mundo. Quem sabe se era pra lá que teriam ido os moleques de rua? Foi quando senti minhas pernas se soltarem, então mergulhei por completo na água cintilante.

Enquanto eu esticava os dedos cada vez mais alongados pra pegar as cores e o brilho da água, comecei a voar pra debaixo da terra. Parecia flutuar num ar pesado em direção ao Japão. A certa altura, devo ter esbarrado em alguma coisa e parei de flutuar. Eu estava de pé, não rastejava mais e minha fala estava suave. Abri os olhos e diante de mim estavam as crianças loucas de Santa Graça. Uma jogada escada abaixo, a outra asfixiada por um travesseiro, uma com a cabeça rachada do tombo no banheiro e uma menina que carregava peixinhos de borracha presos à mão. Um sopro nas minhas costas e uma gargalhada. Quando me virei, vi na minha frente o menino dos caramelos. Então era a caminho do Japão que ele se escondia! Sorri. Ele me sorriu de volta. Dentro da boca, faltavam-lhe todos os dentes.

# Delfina Bittencourt

DELFINA SONHA
em ser médica.

DELFINA PENSA:
Minha família se destroçou por dinheiro. Tínhamos muito e tínhamos pedigree. Basta me olhar. Com essas cores de olho e cabelo, sei dos sobrenomes de tataravós até voltar no século XVI. Diferente dos negros que só são filhos de pai e mãe, quando são. Nunca são netos ou bisnetos de ninguém.
    Tinha treze anos quando meus pais morreram. Levaram um tiro cada um dentro da própria casa. Quem os matou foi um casal de negros que tomava conta do jardim e da casa. Tinham tudo que um empregado pode sonhar. Moravam de favor numa casinha muito bem-arrumada com vista pro açude. Não pagavam aluguel; em troca, trabalhavam pra pagar aquela boa vida toda. A mãe fazia até vista grossa quando um trocado ou outro sumia do pote da cozinha, a despensa esvaziava mais rápido, mas tudo bem, nascemos pra ser do bem e amar o próximo, como aprendemos, sem falhar, todo domingo.
    Mas eles mataram meus pais. Decerto nunca leram a palavra de Deus. Não matarás. Não é possível maior ingratidão. Demos tudo pros dois e na primeira oportunidade, traição, assassinato, destruição de uma família de bem.

Eu era interna do Colégio Santa Catarina, o mais prestigiado da região. Colégio de freiras, uma educação que custava caro. Quando souberam do assassinato dos meus pais, as freiras me ofereceram uma bolsa integral, excelente aluna que eu era. Passei a estudar de favor. Até que eu me formasse, teria todo o suporte, e me tratavam como um novo membro da família.

As freiras cuidavam tão bem de mim que eu não passava uma noite sem dormir com elas. Revezava. Tinha noite que eu passava com a irmã Raquel, outra com a irmã Débora, tinha dia que ficava com a irmã Adélia ou a irmã Sara. Todas me acariciavam até que eu me acalmasse. Sentia falta dos meus pais. A irmã Raquel era minha predileta. Acariciava meus cabelos, minhas pernas, meus seios. Às vezes, a irmã Adélia chegava de surpresa e dividia os carinhos com a irmã Raquel. Trancavam a porta à tramela e acariciavam meus pelos ralos e loiros crescidos no meio das coxas. Davam risadinhas e cochichavam no meu ouvido, lambidas molhadas que me faziam explodir por dentro. A irmã Raquel gostava de ajudar no banho longo, de quase uma hora. Quando eu estava cansada, me prometiam que não era preciso que eu fizesse nada. Queriam apenas brincar comigo. Eu me estirava na cama, elas brincavam de trocar minhas roupas como quem brinca de boneca, eu adormecia com as coxas molhadas, pulsando. Quando a madre superiora visitava a escola, eu ia dormir sozinha. Era ruim porque eu ficava sem companhia. Cada uma de nós ia pro seu próprio quarto e era um silêncio absoluto no corredor, que normalmente era cheio de risinhos e portas batidas noite adentro.

DELFINA LÊ:
Próxima estação — Santa Graça.

DELFINA PENSA:
Passei muitos anos no colégio interno. Faltava só um ano pra terminar os estudos e o plano era eu ir morar na capital. Meu sonho era ser enfermeira, mas meu tio já tinha tudo pronto pra eu me casar com um primo distante.
    Química era meu sonho. Se pudesse mesmo seria médica, mas enfermeira estaria ótimo. Pelo jeito, seria dona de casa. No colégio, eu estudava a tabela periódica, sabia sobre muitos experimentos, era considerada a melhor aluna da matéria.
    Maldito dia de chuva quando uma negra acabou com os planos que o tio fez pra mim. O colégio fechado pra visitas, só as internas nos seus quartos. Ainda não era a hora do jantar, mas já era admissível ir tomar banho. A irmã Raquel me dava um banho longo, ensaboava minhas pernas e minhas coxas quando uma das arrumadeiras, uma negra de nome Cássia, maldita seja, invade a sala de banho, sem ar e numa correria sem fim, com o tio atrás dela. Ao me olhar nua junto à irmã Raquel, que também estava sem roupa, cabelos raspados, sem o hábito, seios à mostra, o relógio parou. A irmã Raquel não tinha mais que vinte e cinco anos. Suas mãos me atravessavam diariamente, deslizando um desejo trancado à tramela que, por falta de sorte, naquela tarde esqueceu de encarcerar por pressa. Nossa intimidade exposta ao tio e à negra. Nós nos cobrimos com os lençóis e toalhas pra ouvir do tio que a filha dele estava morta e que eu me aprontasse pro enterro na capital. O trem sairia em duas horas, havia pressa.
    Arrumei as malas sob a censura do tio, que, a caminho da estação, me abandonou antes que o trem dele partisse, me proibindo de segui-lo. Cogitei voltar ao colégio, mas minha certeza era a de que não seria bem recebida e que a irmã Raquel não duraria muito mais tempo antes que fosse mandada pra exercer outra função em cidade longe daquela. Que

expressão tinha nosso rosto quando nos viram juntas. Sentei-me sozinha no banco da estação. Quando olhei e não notei ninguém na plataforma, vi que estava livre. Não tenho dinheiro, não tenho pra onde ir e não tenho família. Não tenho idade, qualificações, passado ou futuro. Sinto a cabeça explodir e traço uma narrativa. Conto pra mim a história que repetiria pelo resto da vida. Dou-me um novo nome e passo a ser enfermeira.

No trem, o fim da linha é Santa Graça.

No trem, calcanhares juntos. Fecho firme as pernas. Sei que nunca mais sentirei nada entre elas. Vou sentir falta da irmã Raquel. Meu nome é Helga Tatler, sou enfermeira, descendente de uma família de alemães imigrantes que morreu assassinada por negros. Tenho muita experiência em cuidar de crianças e trabalho nunca me faltou. Fui educada de forma rígida e patriótica por freiras católicas. Um modelo. Inquestionavelmente um privilégio me ter por perto.

Repasso esse texto pra minha memória repetidas e inúmeras vezes. No assento ao lado, a cópia de uma publicação de São Paulo. Uma matéria curiosa de grande interesse sobre a purificação da nação brasileira. Intelectuais de grande prestígio, gente de bem, pessoas esclarecidas debatiam o conceito de eugenia. Um boletim rico de ideias de muito progresso e nobreza. A seleção natural das raças deveria ser promovida, conforme a Constituição dos Estados Unidos do Brasil, espalhada entre os lares do país pra que todos soubessem as consequências de tanta mistura: doenças físicas e mentais, infelicidade, rejeição da sociedade. Era possível viver num país feliz, onde todos se sentissem pertencentes a uma comunidade superior e fossem livres de doentes mentais e físicos. Enquanto eu lia todas essas ideias transgressoras, senti um orgulho enorme da minha aparência. De fato, aquelas ideias vindas de São Paulo não eram pra ser questionadas, pois seu sentido e propósito eram muito claros. Deveriam ser obedecidas, eram pro bem-estar da nação. Guardei na minha mala a cópia do *Boletim da Eugenia*. Voltei a me esquecer mais uma vez do passado, do meu nome, e repassei minha história a ser contada mais uma vez com uma pequena correção: minha vasta experiência em cuidar de crianças era voltada especificamente a crianças com defeitos.

Saltei na estação Santa Graça. Uma cidade modelo com muitas famílias de sobrenome alemão, coisa importante mesmo. O bilheteiro, um pardo, me explicou que pele como a dele deveria logo desaparecer. Casou-se com uma mulher branca a conselho do padre Arcanjo, homem muito santo, e os filhos já tinham a pele bem mais clara, teriam muito mais oportunidades. A mãe negra ele não via fazia muitos anos, sumiu do mapa sem muita notícia. As irmãs desapareceram com a mãe, mas nada de se alarmar. Era comum que se mudassem, fossem tentar a sorte em outros lugares. Santa Graça tinha tido no passado muitos mestiços e negros, mas agora estava ficando difícil ver um moleque de rua, graças a Deus, ele dizia. As coisas estão melhorando, não se vê muito negrinho pedindo pão velho, e os mais velhos iam morrendo cedo ou se mudando de cidade. Os avoados também tinham a vida curta, coitados. Crianças com defeitos ainda havia na cidade, mas não duravam muito, uma saúde ruim, sabe. As ideias eugenistas já tinham chegado a Santa Graça e eu poderia trabalhar como enfermeira. Pedi o endereço da igreja.

Sentado num dos bancos da igreja matriz com a Bíblia na mão, o padre Arcanjo. O som alto do pisar dos meus sapatos no altar vazio fez o santo homem se virar. Ajeitou os óculos. Perguntou logo meu sobrenome. Tatler. Sou enfermeira de crianças loucas, com muita experiência. Meus pais morreram.

Sem família e sem meios de pagar por uma vida sozinha, peguei uma condução até Santa Graça e espero ser útil nesta paróquia. Não era conveniente que uma moça jovem e forte como eu ficasse sem utilidade. Procuro também uma casa que possa me abrigar e que em troca eu possa doar meu tempo ao cuidado de defeituosos. Se em Santa Graça todos forem perfeitos, que me diga, pra que eu possa ser útil em outra freguesia. Vim até o senhor porque tenho fé em Jesus. Deus está acima de todos, amém.

 O padre Arcanjo me disse que eu era muito bem-vinda e que ficasse sob seus cuidados e os de Deus até que ele falasse com algumas famílias que abraçariam com entusiasmo alguém que lhes tirasse o fardo que é cuidar de uma criança defeituosa e que não poderá procriar pessoas do bem. Que eu fosse com ele até a casa paroquial pra me acomodar.

 O padre saiu e na casa paroquial ficaram comigo duas pardas — não sei se tinham nome — cuja idade devia regular com a minha. Eram boas de serviço. Arrumaram a banheira com água quente, sabonete, toalha limpa, uma mesa com bolo, geleias, pão e suco de pitanga. Passaram café novo quando pedi, com leite gordo, biscoitos. Eu me limpei, comi, me arrumei. Deveria estar pronta pra qualquer oportunidade que aparecesse a partir daquela hora. Vestido sem estampas, azul-celeste, cabelos ainda molhados, presos com força e a rigidez de um coque. Até eu me achei parecida com Helga.

 Enquanto o padre não voltava, aproveitei pra apreciar o quarto simples que seria meu naqueles dias. Uma Bíblia em cima da mesinha de cabeceira, de madeira escura, coberta por um pano de crochê. Um terço grande pendurado na parede acima da cama de solteiro. Uma pequena estante com alguns livros: o *Ensaio sobre a desigualdade das raças humanas* de Gobineau, o *Gênio hereditário* de Francis Galton e *The Passing of the Great Race* de Madison Grant me chamaram a atenção, e percebi que o padre Arcanjo lia em outras línguas. Na minha mala, alguns livros que eu tinha enriqueceriam aquela pequena coleção. No colégio interno nunca tivemos como comprar livros, mas visitávamos a biblioteca com frequência. Alguns títulos eram verdadeiras paixões que eu lia e relia, queria que fossem meus, por isso os roubei ou foram roubados pra mim como presentes no fundo da noite enquanto algumas freiras e eu brincávamos de médico. Aqueles volumes faziam parte do meu sonho de ser enfermeira. *Bíblia de Saúde* e *Eugenia e medicina social* eram os meus favoritos. Outros eu lia compulsivamente por puro divertimento: *Frankenstein, O estranho caso do dr. Jekyll e do sr. Hyde* e *A ilha do dr. Moreau*.

Quando o padre Arcanjo voltou da rua, ficou encantado com meu refinado gosto literário. Eu, Helga Tatler, tinha aprendido a apreciar toda aquela erudição no curso de Educação Sanitária do Instituto de Saúde e Higiene da rua Brigadeiro Tobias, em São Paulo.

DELFINA SE RESSENTE
muito.

DELFINA SENTE
saudades da irmã Raquel.

LÁZARO ESTUDA
muito;
pra virar prefeito.

PADRE ARCANJO COMENTA:
Pode-se dizer que é uma verdadeira *Fraulein*! *Fraulein* Tatler, Helga, se chama a moça. Uma jovem da melhor índole, vinda

de excelente família e formação e que, por vontade de Deus, ficou órfã. Mas a sorte não nos deixa e Santa Graça foi abençoada com a chegada de uma jovem tão adequada à cidade e à disposição dos mais necessitados. Uma enfermeira especialista em crianças com defeitos. É um avanço nos nossos projetos e ambições, sempre sob a proteção do Senhor, que assim quis. Passaríamos pra história como a cidade precursora de algo imenso, tão grande quanto a teoria de Darwin, mas dessa vez sob a proteção e os olhos de Deus. Não era possível estarmos errados.

PADRE ARCANJO PENSA
em meninos.

DELFINA PENSA:
Padre Arcanjo, aquele santo homem de coração de ouro, deixou que eu descansasse o dia todo. Me levou pra conhecer o jardim da casa paroquial, me contou sobre as plantas que nasciam. Mostrou-me a pitangueira, a mangueira, as pereiras. Tinha muito orgulho dos morangos, frutas de lugares de clima temperado e que, diferente das mangas, nos faziam mais civilizados. Bastava olhar como se chupa uma manga e como se saboreia um morango. A diferença era enorme. "Uma fruta grosseira, a outra um refinamento. Até nisso os pontos mais temperados da Terra levam vantagem, mas nós de Santa Graça estamos trabalhando incansavelmente. Vamos nos livrar de toda a impureza do mundo, da sujeira das miscigenações, do fardo e horror que são os defeitos físicos e de cabeça", e que eu, Helga, fui um anjo ao cair no lugar certo.

O padre voltou da rua com boas notícias. A cidade toda já sabia da minha chegada. Uma jovem de raça tão pura não chegava a Santa Graça sem chamar a atenção, e o prefeito nos aguardava pra uma recepção logo no fim da tarde. Todas as famílias de bem foram convidadas e algumas já haviam manifestado interesse no meu trabalho. Apesar de grandes avanços, Santa Graça ainda tinha algumas crianças com defeitos, e eu poderia cuidar delas sem nenhum problema.

Na saída da casa paroquial, notei vários negrinhos brincando na rua. O padre Arcanjo, em baixo tom, sinalizou que aquelas crianças logo sumiriam da cidade. Não por maldade, mas porque em Santa Graça não havia função para a qual prestassem.

PADRE ARCANJO EXPLICA:
Muitos vão embora, fugidos por vontade própria e, infelizmente, os pais desses moleques têm o hábito de culpar as autoridades pelo desaparecimento dos seus pretinhos, pobres-diabos. Se frequentassem a missa talvez até fossem ouvidos, mas são pessoas diferentes, têm intimidades com espíritos em danças de batuque, coisas que Jesus condena. Cultivam ervas, fazem poções. São seres, de fato, muito diferentes de nós. Não é fácil convencê-los disso, mas a Constituição já nos avisa, e nós apoiamos o presidente, seu governo, porque queremos que o país dê certo. E contra a ciência quem pode? Está toda essa teoria comprovada nos livros sobre eugenia. Se ao menos pudessem ler, coitados.

DELFINA PENSA:
Na casa do prefeito, um grupo de pessoas importantes nos esperava. O padre Arcanjo me apresentou, orgulhoso, a cada um.

Contei a alguns mais curiosos que havia terminado um curso na Escola de Higiene e Saúde Pública, tinha um passado na Alemanha, pois de lá viera minha família. Eu havia me especializado em crianças defeituosas porque era excelente cuidadora e muito confiável na administração dos medicamentos. Conheci três mulheres, três irmãs. Foram apresentadas como as mulheres do casarão e cuidaram de um bebê que apareceu na beira da estrada. Deram ao menino o nome de Lázaro, já um rapazinho com futuro promissor. Disse que quer ser prefeito de Santa Graça. Branquinho feito eu, menino de sorte. As donas do casarão eram muito ligadas ao padre e ao médico da cidade, mas eram muito discretas. Pouco abriam a porta de casa. Nem empregados tinham, com exceção da negra Íris, que, vez ou outra, fazia a limpeza mais pesada do quintal. A Lobélia, a Alpínia e a Dália se interessaram por mim. Queriam saber minha história. Contei que a tragédia da minha vida foi ter perdido meus pais e, sozinha, procuro agora por estas regiões um trabalho digno, uma casa de gente do bem e cristã que possa me hospedar em troca dos meus serviços.

    Não faltou interesse. O próprio prefeito me informou sobre um irmão que, por impiedade de Deus, tinha tido duas crianças avoadas. Uma estava muito doente e a outra não ia demorar a adoecer também. A cunhada andava muito cansada da lida e as negras que serviam a casa pegaram muita afeição às crianças e acabavam dando muito trabalho. À noite, a menina Carolina, em convulsão por causa dos remédios, gritava o nome das pretas. Os negros só davam dores de cabeça. Uma moça alemã, com rigidez, relativa frieza no contato e recomendada pelo padre só podia ser um presente de Deus. Não demorou e fui apresentada ao irmão do prefeito. Ele me ofereceu um quarto na casa ampla que tinham no centro de Santa Graça, uma das maiores da cidade, com jardins, pavões, pretos e pardos. O prefeito insistiu com o padre Arcanjo pra que eu aceitasse a oferta de trabalho. Sem muito o que decidir, combinamos que eu começava no dia seguinte. Dormiria aquela noite na casa paroquial e seguiria pra casa nova ainda pela manhã. O padre Arcanjo me acompanharia pra que eu não errasse o endereço.

**PADRE ARCANJO COMENTA:**
Todos se afeiçoaram a você, Helga.
Venha, as empregadas puseram a mesa pra um lanche da noite. Ensinei a elas certo requinte na apresentação dos alimentos. Aprenderam rápido, considerando... você sabe. Sente-se à mesa, venha, venha, a casa do Senhor é sua casa.

**PADRE ARCANJO SUSSURRA**
sobre a sacristia;
sobre os almoços de domingo, sobre o casarão;
sobre a superioridade das raças;
sobre a ambição de Santa Graça;
sobre a Constituição;
sobre o *Jornal da Eugenia*;
sobre a ciência;
sobre ossos;
sobre dentistas e médicos;
sobre as reuniões de eugenia;
sobre nem todo mundo ter a capacidade de entender tal avanço;
sobre manter isso em segredo;
sobre Deus acima de todos.

**HELGA COMENTA:**
Tranquilidade, padre Arcanjo.
  Estou do seu lado, que é o lado certo. Não há dúvidas.
  Gostaria de me reunir também, ter funções, me envolver. Venho pra fazer o bem. Conte comigo.

DELFINA DESEJA
Raquel;
esquecer Raquel.

PADRE ARCANJO GOSTA
de meninos.

PADRE ARCANJO AVISA:
Sempre que chegar o boletim de São Paulo, mandarei avisá-la. Lemos em conjunto nas reuniões. As senhoras do casarão, eu, o dr. Lírio, o sr. Olavo. Às vezes, o menino Lázaro, que precisa ir se familiarizando com as leis e a cultura. Um dia, aquele rapazinho será o prefeito de Santa Graça.
Cada um de nós é parte importante de uma cadeia que põe Santa Graça acima de qualquer cidade no país em termos de ciência eugênica. Não precisa jantar na noite das reuniões. As negras fazem coisas divinas, que Deus me perdoe a gula.
Os debates são semanais, mas o boletim nos chega mais esporadicamente. A interpretação que fazemos sobre a teoria e a ciência eugenistas é uma interpretação avançada, ambiciosa. Estamos empenhados em praticar o que é escrito de forma sutil e sugerida. Não temos tempo a perder.
Estamos cientes da tarefa de cada um no grupo. A minha é executada sem estardalhaços e é de grande nobreza:

As semelhanças são afeiçoadas pela hereditariedade, ao passo que as diferenças são marca do meio em que o indivíduo viveu. Que responsabilidade para cada um de nós! Felizes os que tiverem recebido de seus antepassados e seus pais uma saúde perfeita e que tenham podido, graças a eles, crescer e viver em um meio são. Vosso dever, portanto, está traçado. O que tiverdes recebido deveis transmiti-lo puro, livre de qualquer mancha. Assim cooperais para a continuação de uma boa raça e prestareis relevantes serviços à sociedade (*Boletim da Eugenia*, janeiro de 1929).

Não é difícil seguir à risca o que me diz a ciência, Helga. Acima de mim, Deus e o bem dos seres humanos. Nossas intenções são elevadas. Quando formos o passado, saberemos que estávamos do lado certo da história, um lado glorioso, patriota e cristão. Fico feliz que esteja conosco.

HELGA OUVE:
A Rádio Minas noticia:
A polícia na cidade de Monte Novo, no estado de Minas Gerais, apreendeu um banco de ossos humanos clandestino. Dois pardos foram presos em flagrante. Os dois elementos informaram que trabalhavam limpando os restos mortais que eram vendidos para médicos e dentistas. Procurados pela polícia, o médico e o dentista de Monte Novo negaram qualquer envolvimento. Os dois pardos foram presos na cadeia municipal.

DELFINA PENSA:
Nossa força-tarefa pro aperfeiçoamento dos habitantes de Santa Graça seguia sem fraquejar. Sob meus cuidados, a menina Mirtes. Por uma deformidade no sangue, a Mirtes nasceu cega, bastante retardada e com os pés tortos. Seu futuro era duríssimo. Ficaria sem quem cuidasse dela, velha numa cadeira de rodas, inútil, dando enorme trabalho e gastos altos pra controlar os gritos e arranhões na pele, que ela mesma fazia com muito afinco e profundidade. Seu pai, o irmão do prefeito da cidade, mandou construir na casa uma *piazza* muito

bonita pra que a Mirtes aproveitasse os dias de sol, caminhasse um pouco e pudesse gritar sem perturbar os vizinhos. Algumas negras nos serviam quando precisávamos de suco e água ou quando era preciso carregar a Mirtes no colo. Trabalho braçal não era algo que eu devesse ou quisesse fazer. Havia quem se prestasse a esse tipo de coisa. A *piazza* era grande e com muitos ecos. O som dos gritos da Mirtes causava pesadelos nas crianças das redondezas. Ninguém sabia pra que a menina servia. Empurrando sua cadeira de rodas em torno do jardim, eu via minhas luvas brancas de algodão.

Morre, Mirtes, morre.

HELGA EXPLICA:
Ainda estou abalada. Que tragédia! Foi numa manhã de sábado, a família estava fora em comício e trabalhos políticos. Algumas negras na propriedade, eu e a Mirtes. Segurei com firmeza as alças da cadeira de rodas da menina. Ela estava muito agitada. Eu me lembro de talvez ter me esquecido de dar a ela os remédios que a acalmavam, mas não sei ao certo. Tenho preocupações e responsabilidades demais. Algo talvez tenha passado e não percebi. A Mirtes se agitava na cadeira. Sangrou com um profundo arranhão, mas creio, sem me lembrar ao certo, que o sangue jorrado tenha sido culpa da própria moça defeituosa. Sempre que ela se arranhava, eu gritava pra que parasse, e mais ela fazia. Eu agarrava seus braços, aquela pele fina de criança, mas tinha extremo cuidado pra não machucá-la. Mas enquanto eu tentava evitar os arranhões segurando-a com firmeza, porém nunca com força — isso nunca —, ela acabava fazendo com que meus dedos apertassem seu corpinho tão frágil. Era ela mesma que se feria, pobre menina. Essas crianças vão direto pro reino dos céus, coitadinhas. Levei esse fato ao conhecimento da família. A Mirtes

andava impossível com essa mania de se arranhar, se machucar. Pra minha sorte, a família tinha total confiança em mim, sabia que era mesmo a moça que se torturava, ainda que fosse eu quem ficasse com ela o tempo todo e ela manchasse, tantas vezes, minhas mãos de sangue. A caminho de uma voltinha na *piazza* da casa, fomos em direção à bela fonte de mármore construída no centro do espaço. Não sei bem o que deu naquela menina, se alvoroçou toda e de tal maneira que pulou na fonte cheia de água enquanto eu tentava nos livrar de algumas abelhas que nos seguiam, pra proteger a Mirtes. Ainda não sabemos como a Mirtes conseguiu sair da cadeira de rodas e pular, como se fosse saudável, dentro do lago. Deus às vezes opera milagres, isso é verdade. Que grande infelicidade a menina não saber nadar. Ela gritava, mas enquanto eu me ocupava de me livrar das abelhas, imaginei que os gritos fossem os de sempre, os de loucura. A pobre Mirtes, que o Senhor a tenha num lugar de descanso, foi enterrada dois dias depois e eu, sem mais utilidade naquele lar, fui transferida pra trabalhar na casa dos Alencar. Fui tomar conta do Augusto.

DELFINA PENSA:
Morram, Mirtes, Augusto, seus retardados, morram.

LÁZARO PENSA:
Quero ser o prefeito quando crescer.
    Vou mandar todos os loucos pra Fazenda Horizontina.
    Vou construir um manicômio.
    Vou me casar com a Helga. A Helga é branquinha e limpa.
    A Íris é preta e suja.

DELFINA PENSA
igualzinho a Helga.

HELGA EXPLICA PARA A POLÍCIA:
Passei dias muito tristes pela perda da querida Mirtes. Uma alma penada, decerto. Com tanta loucura dentro daquele corpo franzino, talvez encontrasse paz agora que estava sob os cuidados de Deus na eternidade e misericórdia divinas.

Fazia visitas frequentes à casa do irmão do prefeito, pessoas tão boas e que tão bem me acolheram. Apesar da morte da Mirtes, continuamos nossa sólida amizade. Nas minhas visitas, notei que as negrinhas que perambulavam enquanto eu tomava conta da Mirtes haviam sido substituídas por outras negras. Não que fossem muito diferentes, eram todas quase iguais, mas notei algumas características distintas.

Naquela semana, comentei com o padre Arcanjo sobre a substituição. Ele me assegurou que tudo estava sob o controle de Deus e as empregadas devem ter ido embora, como sempre fogem de trabalho e responsabilidade, esses negros.

Depois de tanto tempo na casa do irmão do prefeito e com a perda da querida Mirtes, me mudei pra casa do menino Augusto. Fui me afeiçoando mesmo ao menino. O Gustinho tinha sete anos quando cheguei. Não foi fácil cuidar dele, dava bastante trabalho. Era muito retardado e se comportava como um bebê. Às vezes, quando chorava muito, eu precisava levá-lo pro quarto, trancar a porta e dar de mamar a ele. Sugava meus peitos como se tivesse leite. Mesmo sem dar nenhum alimento, o Gustinho se acalmava. (Eu sinto saudades da irmã Raquel.) Eu deixava que ele brincasse com meus seios redondos e ele os lambia e chupava. Coisas que só mãe deixa o filho fazer, era carinho demais por aquele menino! Houve vezes que o trabalho que o Gustinho me dava era tão grande que, quando eu me trancava no quarto com ele, chegava a forçá-lo a se amamentar. Ele tentava rejeitar, mas eu tinha muito mais força e chegava uma hora que o menino fazia o que o acalmava e era melhor pra ele. Eu o amamentava ao menos uma vez por dia. Parecia um anjo pousado nos meus seios. Sugava com força, o moleque, que nem parecia doente.

Os pais não tinham condição psicológica de cuidar de um rapazinho que dava tanto trabalho. Quando cresceu mais um pouquinho, eu notei que queria tocar minhas partes mais íntimas. Pelo bem dele e pra que não gritasse, ensinei a ele direitinho o que precisava fazer. Ficava quietinho, feito um cabritinho, o rapaz (irmã Raquel). Uma vez, houve um problema: ele, que nunca falava, gritou num almoço de família que eu o forçava a fazer coisa errada. Um punhal no meu coração. Como pode uma criança contar tanta mentira! Obviamente, os pais de Augusto não acreditaram naquele debiloide, mas uma tia começou a me olhar atravessado, não me deixava mais ficar sozinha com o Augusto quando ele precisava ser acalmado, seguia meus passos pra todo lado. O Augusto chegou a inventar uma história com detalhes sobre mim. Um despautério. De qualquer forma, fiquei arrasada quando, um dia, na banheira, eu me virei pra pegar uma barra de sabonete e um pacote de permanganato e, enquanto eu lia as instruções, o Gustinho se afogou. Foi tamanha rapidez que não consegui salvá-lo. Não dormi por meses pensando no meu menino que agora era um anjinho ao lado de Jesus. Que Deus o tenha em bom lugar. Sinto muito sua falta.

**DELFINA SENTE**
saudades de Raquel.

**PADRE ARCANJO EXPLICA PARA A POLÍCIA:**
Santa Graça é um paraíso. Nada de mal acontece. Somos pessoas do bem. Minha paróquia está sempre cheia, pessoas

cristãs mesmo. Fiquei tão alarmado quanto os senhores com essa história de banco de ossos, de assassinato de crianças doentes. Peço que nos respeitem. Olhem pra cada um de nós: imaginem se pessoas como eu; a srta. Helga, moça que dá a vida pelas crianças loucas da cidade; o sr. Olavo, homem honesto que bate de porta em porta vendendo livros e um exemplar pai de família ainda em luto pela perda do menino Ícaro; o dr. Lírio, um intelectual e um homem que se dedica a cuidar dos outros; as três irmãs velhas, que nada mais fazem além de criar um mocinho que nem é delas. Os senhores nos respeitem, que não temos nada com isso. Esses pardos que os senhores encontraram estão mentindo sobre nosso suposto envolvimento. Esse sr. Jão da Lavagem, coitado, com um nome desses, não sabe o que diz. Os senhores por acaso acham que nós tiramos o couro e a carne dos negros, que as cozinhamos em caldeirões pro almoço e nos livramos da gordura grossa à qual se refere esse elemento que cresceu com os porcos? Ora, tenham paciência. Tenho muita pena desse pobre homem, Jão da Lavagem. Já ouvi muitos casos de negros e pardos que mentem muito a fim de conseguir alguma posição, algum destaque social. Tenho pena porque todos sabem que esse sujeito arquiteta um plano de pôr as pessoas do bem em maus lençóis. Deus que me perdoe, mas são capazes até de ameaças e chantagens. Os senhores são homens livres, só espero que tenham a fé como bússola das suas ações, e que se fundamentem em lucidez pra que vejam bem quem é quem. Deus há de fazer justiça, mas os senhores não deixem de fazer a sua. Prendam logo esses elementos que, claramente, não têm Deus no coração. Peço ao Senhor que lhes perdoe por levantarem suspeitas de pessoas direitas.

SANTA GRAÇA OUVE:
 A Rádio Minas noticia:
 A polícia na cidade de Monte Novo, no estado de Minas Gerais, apreendeu um banco de ossos clandestino, de crianças e adultos. Dois pardos foram presos em flagrante. Os dois elementos informaram que trabalhavam limpando os restos mortais que eram vendidos para médicos e dentistas, através de um esquema praticado na cidade de Santa Graça. A investigação quer interrogar um padre, um médico, três mulheres e um vendedor de enciclopédias, além de uma enfermeira que cuida de crianças defeituosas e um elemento pardo que recolhe lavagem e gordura das casas da cidade. Procurados pela polícia, o médico e o dentista de Monte Novo negaram qualquer envolvimento deles e dos ilustres moradores de Santa Graça. O elemento que recolhe gordura e lavagem das casas foi detido e deve prestar depoimento. Os dois pardos foram presos na cadeia municipal.

HELGA EXPLICA PARA A POLÍCIA:
Depois da passagem do Gustinho, fiquei um mês na casa paroquial me refazendo da perda que foi a morte daquele anjo. Mas o padre me avisou que havia uma casa onde precisariam de mim muito em breve. A casa ao lado do casarão das três senhoras. O menino era o Ícaro e o pai dele, o vendedor de enciclopédias da cidade.
 Assim que me chamaram, me refiz e fui começar meu emprego novo. Pelo menos não me faltava trabalho numa cidade tão adorável feito Santa Graça.
 Claro, notei esse sujeito de cor encardida passando diariamente com latas de gordura grossa. Deus me livre, aquilo parecia até gordura de gente, de tão espessa. Onde ele

conseguia aquilo eu não sei, mas ponho a mão no fogo que não era no centro de Santa Graça, porque nós aqui somos boas pessoas. Deus me livre de um horror desses. Que tristeza um sujeito dessa laia manchar a honra de uma cidade como esta!

**DR. LÍRIO EXPLICA À POLÍCIA:**
O mapa de Santa Graça vai se transformando à medida que nosso sucesso se alastra e se concretiza. Temos um ponto problemático. Mata Cavalo é a região da cidade onde moram pobres e negros. Constroem casebres de barro e descem todos os dias dos seus morros para trabalhar nas casas da cidade. Esse senhor que levantou suspeita nossa, o tal Jão da Lavagem, note o nome, é um pobre-diabo que não sabe ler, conversa com porcos e mora no Mata Cavalo. A casa do coitado é um chiqueiro. Dizem que vive junto com os suínos que ele mesmo abate por um trocado do dono do açougue. Cuidei dele quando ainda era rapazinho. Mas vindo do Mata Cavalo tinha pouca chance de ser alguém. A conversa na cidade é que se tornou invejoso e enganador. Mas como médico eu posso lhes assegurar que esse pobre-diabo está sofrendo alguns delírios mentais. É muito normal em algumas raças. Se ele não parar de provocar todo esse mal-estar nas pessoas de Santa Graça, talvez seja o caso de eu conversar com alguns colegas de profissão, médicos da melhor estirpe, pra que o avaliem. Há bons manicômios pela região. Não nos custa nada ajudar um homem desses, em claro estado de desespero e incongruência mental.

Mas os senhores têm juízo e bom julgamento. Vão fazer a coisa certa, acredito.

ÍRIS PENSA:
O Jão não mente, nunca mentiu. Se eu falar o que vi, me matam e eu preciso cuidar da mãe. Vou marcar de me confessar com o padre Arcanjo.
Nunca me esqueço daquele surto de apendicite na cidade. Aquilo foi esquisito. Se eu não tivesse operado, podia ter o Joaquim aqui, vivinho comigo.
A essa hora, o menino Ícaro já chegou ao Japão. Pobre alma.
A dona Rosa podia era morrer. Morre, velha, morre.

LÁZARO FALA PARA JÃO DA LAVAGEM:
A Íris não lava a mão suja. A mão da Íris é preta.
A gordura é de gente.
Eu vou ser prefeito quando crescer.

DELFINA PENSA:
A Íris é outra moradora do Mata Cavalo que precisa estar entre nós. A negra nos dá trabalho, porém. É preciso vigiá-la de perto. Não conseguimos saber claramente de que lado a infeliz está. Nunca diz nada, sempre calada, sempre muda. Quis porque quis ter filhos quando namorou, até chegar a noivar o Jão da Lavagem — esse retardado que agora mente pra polícia —, mas seu útero negro não aceitava crianças. Um dia, a pobre sofreu de apendicite e o dr. Lírio deu toda a cobertura, operando a negra no hospital da cidade cheio de brancos. Depois disso, a infeliz parou com a obsessão de querer dar ao mundo mais negrinhos. De qualquer forma, a Íris trabalha pra nós e faz tudo relativamente de acordo com o que é pedido.
Bom, só sei que o futuro chegou. A ciência da eugenia já nos dá fundamentos pra que não tenhamos nenhuma distração com projetos de reivindicação social ou de raça. Os negros

tiveram sua chance. Foram alforriados, libertados. Fizeram o quê? Nada, como sempre fazem. Pra que trabalhassem sempre foi preciso ameaçá-los, puni-los. Uma gente preguiçosa que almeja ser como a sociedade branca, mas que não faz por onde. Hoje já sabemos disso. Sabemos que cada raça ocupa seu posto na sociedade. Sempre foi assim e, apesar de algumas pequenas revoluções, o futuro chegou e hoje os negros sabem do seu lugar. Até o termo "racismo" começam a empregar. E o racismo que os negros têm contra mim? Isso me parece que ninguém percebe. Ou eles acham que eu não noto a cara feia que me fazem e os sussurros entre si quando reclamo que tem pouco açúcar no suco ou que o café está mal coado? Eles acham que eu não vejo a distinção de tratamento entre eles próprios e o tratamento que me dispensam? Estão enganados. Se há racismo aqui, há racismo lá. Hoje somos bem informados e sabemos disso. Ainda assim, são úteis. Têm dentes fortes e é através deles que buscamos informações genéticas que podem nos ajudar a chegar a uma super-raça que o país merece, a começar por Santa Graça. Imagine se toda pessoa tivesse os dentes sadios de um negro? Os ossos dessa gente são valiosos. Mas da pele a gente não precisa.

A Íris é bastante útil e é só por isso, acredito, que o conselho de eugenia de Santa Graça ainda não sugeriu sua saída permanente da cidade. Quem vai esfregar o chão com a força animalesca daquela preta? Eles nos servem, os danados. Mas talvez não por muito tempo. Apesar de querer uma boa distância da Íris, é preciso mantê-la por perto. O padre Arcanjo, que escuta a infeliz se confessar, nos diz que precisamos mantê-la por perto.

DELFINA TRANCA
a porta.

DELFINA ABRE
as pernas.

DELFINA SENTE
saudades de Raquel.

HELGA CONTA À POLÍCIA:
A negra Íris abriu o portão e me receberam a avó e a mãe do menino doente.
 Ouvi as preocupações que tinham. Uma delas era a crescente proximidade e o apego do Ícaro com a Íris. Os dois conversavam e às vezes até riam juntos. Tudo muito escandaloso. A avó, dona Rosa, me disse ainda que teve ocasião de encontrar, no lixo ou na sacola da Íris, remédios e comprimidos que o Ícaro deveria ter tomado, mas a negra não dava e ainda desafiava a autoridade da casa dizendo que os remédios deixavam o menino pior, travavam a boca do moleque, faziam-no babar e o deixavam com alucinações. Logicamente, aquela mulher não entendia de medicina, de saúde, pois jamais teve estudos e jamais entendeu sobre ciência. O que fazíamos era seguir o que líamos, e exatamente por isso não havia contra-argumentos, pois estávamos protegidos pelo que nos diziam estudiosos e intelectuais. Coitados desses negros, e ainda agora mentem sobre nós. Sabem que estão errados, mas nós sabemos a verdade.
 Essa alma perdida, o homem das lavagens, não me parece gozar das suas faculdades mentais. Já falei com o dr. Lírio que devemos assisti-lo. Essa gente nos ataca, mas nós estamos aqui pra ajudá-los, mesmo que tantas vezes não mereçam. Os senhores, por gentileza, tenham consciência dos equívocos desse homem. Depois esperamos que os senhores

nos peçam desculpas. Já nos causaram aborrecimentos demais.
Até o santo padre vem sendo acusado. Deus lhes perdoe.

ÍRIS SENTE
falta do Ícaro;
falta do Joaquim;
vontade de matar a Helga;
morre, loira, morre.

HELGA EXPLICA À POLÍCIA:
Na nossa conversa, assegurei às duas mulheres da casa que o Ícaro teria o melhor tratamento comigo. Tomaria todos os remédios religiosamente e, quando Deus quisesse, o levaria pra descansar como um anjo, porque o Ícaro não merecia menos que virar um anjo por uma vida tão difícil, mesmo com tão pouca idade.

DELFINA PENSA:
Observei a casa. Tinha dois andares com uma escada longa que a cortava ao meio. Na entrada da casa, uma calçada precisando de reforma com pedras soltas, desniveladas. Meu quarto ao lado do quarto do menino. Um banheiro pra ser dividido com ele. Uma banheira grande pra que Ícaro nadasse quando quisesse. Na sala, um balcão e uma varanda que davam pro quintal das três irmãs e de Lázaro. Parei por um momento e avistei o rapazinho brincando com seus ossos. Ele me viu. Sorri e acenei. Éramos todos amigos em Santa Graça, lugar muito adorável mesmo. O Lázaro ainda ia ser prefeito.

LÁZARO GRITA:
Helga, quer se casar comigo?

Helga, quando eu crescer, vou ser prefeito e vou trancar todos os retardados na Fazenda Horizontina, menos a Íris porque a Íris é preta e suja.
O Jão da Lavagem é burro porque puxa carroça.

HELGA EXPLICA À POLÍCIA:
Apesar dos vários perigos da casa, eu faria o mais irretocável dos trabalhos, que era o de cuidar de mais uma criança defeituosa de Santa Graça. Agora era torcer pra que, diferente das minhas outras crianças, o Ícaro tivesse mais sorte e não se envolvesse em nenhum acidente.
Ao avistar a porta entreaberta do quarto do Ícaro, vi que o menino se encolheu na cama. A Íris dizia pra ele não se preocupar. Chamava o rapaz pra ir ver os patos da janela, ver o Lázaro brincar, "aquele menino doido", ouvi a irresponsável dizer.
A mãe do menino me deu a liberdade de começar ali mesmo minha tarefa. Parei na porta e olhei a Íris ajudar o Ícaro a se levantar pra se distrair na janela. Ele estava com medo de mim. Imagine ter medo de mim, uma pessoa que vive pra cuidar de crianças de quem todo mundo tem nojo, todo mundo rejeita. Uma hora me dão uma medalha, isso sim. A negra pegou o menino no colo num contato físico extremamente íntimo, um escândalo. Deus me livre de até pensar no pior, encostando nele de uma forma tão agarrada assim. Deus me perdoe.

DELFINA SE LEMBRA:
Ícaro me olhava aterrorizado, babava, chorava. A Íris acariciava seu cabelo. Arrastou uma cadeira com um dos pés e posicionou o menino em cima dela pra ver o quintal do casarão. "Olha, Ícaro, como o sol está brilhando hoje. Vai ter arco-íris na água, vamos vigiar." Falava com ele num carinho só, e me

olhava com raiva. Racista! "Olha o Lázaro brincando com os ossos, tá vendo, Ícaro? Dá dois minutos e o sol vai bater tão forte na água do tanque dos patos que vamos ver brilhar como brilha o outro lado do mundo, lá no Japão."

HELGA EXPLICA À POLÍCIA:
Eu me aproximei pra ver o que viam da janela. Havia um tanque em que os patos e os marrecos nadavam e do qual bebiam uma água barrenta e de um mau cheiro impressionante. Aquilo ficava exatamente embaixo da janela do quarto do menino. A Íris ordenou que eu me distanciasse, porque ele estava com medo. Não arredei o pé, pois nunca recebi ordens de negros. Aquilo me irritou, aquela petulância. Agarrei aqueles chumaços de cabelo crespo da negra que segurava firme o menino debruçado, metade do corpo pra fora da janela. Tenho certeza de que os senhores me dariam razão.

DELFINA SE LEMBRA:
Claro que a Íris não ia deixar o Ícaro cair. Ela era muito afeiçoada a ele, aquele retardado. Eu sei que puxei os cabelos dela, agarrei sua pele com força e intenção de chegar ao osso. Eu sei que aquela criatura, apesar da cor, não teria feito nada de ruim para aquela criança errada. Se o Ícaro caiu, foi sem querer... A raiva dela era de mim. Racista!

HELGA EXPLICA À POLÍCIA:
Se o menino Ícaro caiu, vai ver a Íris não o segurava firme, ou vai ver o rapazinho se cansou de viver a vida difícil que levava e teve finalmente o bom senso de se jogar no infinito que daria no outro lado do mundo. Eu nem precisei trabalhar na casa. As coisas foram resolvidas sozinhas. Voou, o menino Ícaro, feito na mitologia.

A Íris, pobre alma, depois do acidente fugiu pra Horizontina, a fazenda que guarda o fantasma do Gregório sem Pele. Sobre o menino Ícaro é tudo que eu tenho a dizer. Os senhores façam o favor de darem esse caso por encerrado. Estou bastante cansada dessa conversa e já cooperei com tudo que posso. Agora, os senhores precisam me dar licença porque é meu dever auxiliar o dr. Lírio. Nós não paramos de trabalhar pro bem de Santa Graça. Vamos cuidar do sujeito que nos ataca com delírios, o Jão. E os senhores aqui, interrogando aqueles que fazem o bem. O mundo está virado de cabeça pra baixo mesmo.

## Gregório sem Pele

LÁZARO GRITA:
Íris, você deixou o retardado do Ícaro cair. A polícia vai te pegar. Sua mão é preta, suja, e escorrega.

ÍRIS ESCUTA
Rádio Minas;
banco de ossos;
crianças e adultos;
médicos e dentistas;
pardos e elementos;
presos.

ÍRIS EXPLICA PARA A POLÍCIA:
Passei a combinar meu trabalho na casa do seu Olavo e da dona Ondina com o das velhas do casarão, pela proximidade. Sexta-feira, quando acabava mais cedo na casa do Ícaro, eu ia pro casarão lavar o terreiro. Sexta era dia de abater bicho pra cozinhar. Todo domingo, sem falta, as velhas cozinhavam uma carne que demorava até o outro domingo pra ficar tenra, e era, então, servida ao padre Arcanjo. Deixavam uma marmita pra mim que eu fazia questão de jogar fora. Sentia muito nojo e enjoo do que as velhas cozinhavam. Não sei explicar, mas sentia gastura com aquilo.
  Pouco falavam, pouco saíam; estranhas. Mimavam o Lázaro quando menino, mimam agora que está crescido. Enfiaram na

cabeça dele que ele vai ser o prefeito de Santa Graça. Daqui a pouco o menino encasqueta que quer ser presidente do país.

Numa sexta-feira, depois de eu lavar e esfregar o chão ensanguentado do terreiro do casarão, separei a lavagem pro Jão, que foi meu amor. Depois de termos perdido o Joaquim e tentado sem sucesso fazer outro, o Jão desistiu de mim. Foi procurar bucho fértil e acabou se adocicando pros lados da Maria das Graças, lá do Mata Cavalo também. Sempre que eu precisava encontrar o homem pra lhe dar a lavagem, sentia a barriga encolher de amor. Nunca esqueci dele nem do Joaquim que ele fez em mim. O Jão me largou, mas não é mentiroso, não. É homem direito.

ÍRIS PENSA:
Naquela sexta-feira, enquanto eu esperava o Jão passar na rua pra carregar a lavagem da casa das três velhas, o Lázaro lazarento veio gritando e sacudindo a barra da minha saia. Dizia que precisava pegar uma peça do quebra-cabeça que faltava pra terminar de montar um homem-pássaro e que tinha medo de ir sozinho ao andar de cima do casarão. Avisei pro menino que eu não tinha permissão pra pisar lá. Mandei o Lázaro ir procurar as velhas, mas duas delas tinham saído pra fazer a feira e a terceira estava no mato abatendo bicho pra cozinhar a carne. Mandei o pirralho ter a paciência de esperar até que uma delas voltasse, mas ele não esperava.

Falei que não tinha jeito de ir lá porque era trancado a sete chaves e eu não sabia onde nada ficava guardado. O Lázaro saiu correndo e voltou sem ar, me entregando um molho de três chaves, uma pra cada velha. As minhas mãos chegaram a queimar.

É verdade que muito me arrisquei com aquelas chaves e a cada degrau subido. As velhas podiam aparecer a qualquer momento.

Mas nenhuma delas apareceu e eu soube o que guardava aquela parte da casa. O Lázaro me avisou que bastava abrir a porta e ele correria pra pegar o que faltava. Foi exatamente o que aconteceu, e essa fração de tempo foi o necessário pra me aterrorizar até pra depois da minha morte. Com o ranger da porta aberta, meus olhos se abriram e lá estavam amordaçados, magros de se ver os ossos, os moleques pretinhos, cujos urros abafados era possível ouvir vez ou outra. O Ícaro não estava louco: o sótão era mal-assombrado. Havia meninos pretos amordaçados e definhando. Os olhos brilhantes de completo desespero se cruzaram com os meus. Muitos dos moleques eram os filhos das pretas do Mata Cavalo.

As velhas chegaram e seguiram a rotina delas dentro da normalidade. Eu olhava pros olhos fundos daquelas três velhas e não acreditava em tanta ruindade. Eu sabia do plano de branquear a gente, a cidade inteira, mas nunca tinha visto de perto um pretinho sumindo.

Será que eu ouvi ou não ouvi o Lázaro lazarento falar pro Jão que a gordura da casa era gordura de gente? Fiquei pensando naquilo, mas acho que o dr. Lírio está certo: eu andava cansada, precisando amolecer a cabeça que tem me pregado peça. O Lázaro é um mentiroso. Menino ruim mesmo. Espírito cão. Aquilo não vai virar gente, mesmo que vire prefeito.

ÍRIS SE CONFESSA:
Padre Arcanjo, o senhor me alivia, pelo amor de Nossa Senhora. Eu descobri onde estão os moleques que desapareceram. Padre Arcanjo, eu não quero saber, mas eu sei. O senhor me alivia, pelo amor do Espírito Santo, que eu não aguento um segredo desse tormento. O que fazem com aqueles

negrinhos, padre Arcanjo? Por que eles não tinham dente? Padre Arcanjo, me ajuda.

    Padre, tô achando que ouvi o Lázaro contar pro Jão o que tem naquelas latas de gordura. Ando nervosa com isso, passando mal de tanto nojo. Mas o Lázaro é um menino mentiroso, não é, padre?

PADRE ARCANJO COMENTA
com dr. Lírio;
com Olavo;
com as três velhas;
com Helga;
com Lázaro;
que a Íris *sabe*.

ÍRIS REZOU
a noite toda;
o pai-nosso;
a ave-maria;
de medo.

DR. LÍRIO AVISA:
Sra. Íris, há tanto tempo nos servindo com tanta dedicação. Eu me reuni com o padre Arcanjo e alguns outros cidadãos ilustres de Santa Graça e decidimos que a senhora merece um pouco de descanso. Avise a excelentíssima sua mãe que vocês estão de mudança. Terão uma casa grande só pra vocês e não há de faltar nada. Até mesmo o padre Arcanjo lhe prestará visitas semanais pra que confesse suas aflições. Há muitos acontecimentos nesta cidade ultimamente. Precisamos pôr ordem na casa e a senhora é importante pra Santa Graça. Nosso desejo é que

tenha boa saúde. A senhora alguma vez já tirou um tempo livre pro descanso?
 Está tudo pronto pra que tome posse da Fazenda Horizontina.
 Gostaríamos que a senhora aceitasse esse nosso singelo presente. Claro, sra. Íris, é merecedora de muito mais, mas é o que temos por enquanto. Que aceite nossa honesta oferta.

ÍRIS GANHOU
uma fazenda;
roupas novas;
dois cavalos;
empregados;
fartura;
dor de cabeça.

ÍRIS GARANTIU
o silêncio.

ÍRIS EXPLICA PARA A POLÍCIA:
O padre;
o médico;
as velhas;
o pai de família;
a enfermeira;
o menino Lázaro
são cidadãos do bem. Sou testemunha.

ÍRIS GANHOU
uma fazenda;
roupas novas;
empregados;

cavalos;
dor de cabeça.

ÍRIS GARANTIU
seu silêncio.

ÍRIS PENSOU:
Eu, Íris, preta do Mata Cavalo, vou ser a dona da Fazenda Horizontina.
Vou ter empregados.
Vou ter cavalos.
Pena deixar meu Joaquim enterrado longe de mim.

*Horizontina existe desde 1815.*
*Foi construída para abrigar uma família rica de portugueses que chegaram à região para plantar café. Com o tempo, acabaram entrando também na pecuária e tomaram conta de tudo. Fazenda de perder de vista, com casa-grande de paredes de tabatinga, capelinha, senzala, matadouro, açude, plantação de café, pasto e moradias menores para capataz, padre e empregados que não eram nem pretos nem brancos. A paz em Horizontina acabou quando um escravo de nome Gregório se enfiou em uma briga com um capitão do mato e se recusou a fazer trabalho de puxar carroça porque dizia que era artista. Gregório amanhecia pintando os arabescos das frisas da casa-grande a mando do patrão e ao gosto da patroa. Ele se ocupava daquilo com muito apreço e desenhava, com capricho, guaxes e curiós e todo tipo de gaturamo: rei, bicudo e miudinho. Esculpia no gesso abacaxis, mamão papaia, laranja-lima e serra de água. Levava tempo naquilo porque fazia com esmero. Contam que, certa ocasião, Gregório estava prestes*

*a terminar um desenho quando o capataz entrou no salão chutando o negro e, com chicote na mão, mandou que fosse puxar a carroça para trazer da cidade o padre, pois a sinhá precisava se confessar. Gregório se recusou porque puxar carroça, ele disse ao capataz, é coisa para bicho e ele sabia até desenhar. O capataz arrancou Gregório pelos cabelos e arrastou o homem para o matadouro. Gregório cuspiu no capataz e arranhou toda a pele do sujeito. Com sangue nos olhos de tanto ódio do preto, o capataz enfiou-lhe o facão primeiro na barriga e depois, horizontal, na goela. Mergulhou a mão dentro do pescoço do negro e tirou de lá de dentro o coração ainda batendo. Juntou foi bicho em volta daquilo e o capataz jogou o órgão ensanguentado para os porcos comerem. Em menos de cinco minutos, Gregório não tinha mais nem coração nem vida. Sobrou a alma, que ficou penada. Não satisfeito com a carnificina, o capataz fez um corte na pele de Gregório e lhe tirou todo o couro, cortando o corpo do homem em filés que depois deu para os cachorros. O couro de Gregório foi posto para secar, que era para servir de exemplo aos outros escravos. Do preto desobediente só ficou a arcada dentária, que os porcos rejeitaram, mas acabaram servindo para o capataz, que mandou incrustar cada um dos dentes na espingarda de estimação, decorada com esmeralda e diamante. A mesma espingarda que anos mais tarde matou seu próprio dono pelas mãos da mulher, que pegou o marido de assanhamento com uma negra no bananal da fazenda. Desde aquele dia da morte do Gregório, Horizontina ficou com a alma penada do negro agarrada nos arredores da casa-grande. O escravo tinha uma menina que foi mandada, com a mãe, em permuta para uma quinta na região do Catete, no Rio de Janeiro. O espírito do homem nunca saiu de lá. A família portuguesa vivia com medo porque as crianças choravam e tremiam de pavor do Gregório sem Pele andando pela casa à noite, pelos quartos de parede que ele mesmo havia pintado. Não adiantava os mais velhos explicarem que era um preto escravo que não valia nada. As crianças não viam um preto, viam um homem sem pele, de couro arrancado, que, suspenso, flutuava entre cômodos e habitava a noite inteira. Quanto mais escura a noite, mais se via o Gregório. De medo, certa vez uma criança saiu correndo do próprio quarto na madrugada e se jogou no açude. Morreu, diziam, a mando de Gregório, o homem sem pele. A família fugiu de Horizontina e foi para a Bahia, pois em Minas havia fantasmas demais. Desde então, só quem mora em Horizontina é alma penada. Agora Íris é a dona de tudo aquilo.*

ÍRIS CHORA:
A vida em Horizontina é sempre a mesma. Às vezes o padre Arcanjo vem, mas anda faltando. Ando querendo que a dona Rosa vá pro inferno. Toda manhã vem um caminhão trazendo uns homens pra me perguntar se tudo está bem. Dizem que perguntam a mando do dr. Lírio e da Helga.
    Andava sozinha demais nesse campão. Sentia saudades do Joaquim e até do Jão, que não era meu fazia muito tempo.
    Queria ir ver a cidade. Um dia só, se eu saísse não iam nem notar.
    Avisei à mãe que não ia demorar. Coitada; vinha morrendo cada vez mais.
    Catei minhas coisas num saco e me escondi na boleia do caminhão dos homens, que já iam voltar os onze quilômetros até Santa Graça. Na hora de dar a partida no motor, acabaram me achando. Eu pedi que deixassem aquilo como segredo e eu me confessaria com o padre Arcanjo assim que chegasse

à casa paroquial. Expliquei que eu era a dona da fazenda, mas não adiantou, eles iam falar com o dr. Lírio e com a lazarenta da Helga.

Quando o caminhão chegou a Santa Graça, pedi que me largassem na entrada e acabei dando a volta por trás do Pirapetinga pra chegar pelo outro lado do Mata Cavalo. Fazia tanto tempo que eu não subia aquele morro margeado por bananeira e mangueira, aquele cheiro de casa. Deu muita saudade.

De longe, vi a Ester e a Carolina lavando roupa. Eu estava era sentindo falta delas. Quando me olharam, pegaram as roupas, amassaram de qualquer jeito, enfiaram no balaio e entraram, fugindo de mim, tava na cara. Gritei o nome de cada uma, mas escaparam. Cheguei à árvore do Joaquim e pensei no Jão, casado, com filho vivo e que já devia ter se esquecido do nosso menino morto. Me sentei na terra batida e fiquei ali com o ouvido grudado na terra que dava pra ouvir o coração do meu Quinquim. Da janela, a Carolina, a Marta, a Tiana e a Ester me olhavam desconfiadas. Parecia que não sabiam quem eu era. Logo juntou um monte de gente nas gretas das cortininhas de renda dos casebres da rua. Todo mundo me olhava, mas ninguém falava comigo. Parecia que eu tinha feito alguma coisa muito errada, quando o que realmente aconteceu foi que eu fui buscar uma vida melhor, com mais conforto. Queria ter onde cair morta, não virar o que todo mundo vira no Mata Cavalo. Aqui nascem, aqui crescem, aqui morrem. Ninguém sai daqui que não seja pra ser enterrado ou trabalhar nas casas dos doutores do centro da cidade. Meu Joaquim nem isso conseguiu.

O que eu tinha vindo fazer aqui era cavar um buraco e levar meu neném comigo. Ia ter um túmulo lá em Horizontina. Túmulo grande. Ia mandar os homens construírem um mausoléu, uma casa só pro meu menino. Ia pedir ao padre Arcanjo que me arrumasse mármore em pedra pra ficar bonito. O padre conhece quem faz anjinho de estátua. Chama-se escultura. Ia mandar fazer um anjinho da cara preta e asas brancas, puras, para homenagear meu Quinquim. Ia marcar a data de nascimento com uma estrela e no mesmo dia uma cruz que ele não chegou a viver. Nasceu um bolinho cinza e só. Tadinho.

Era isso que eu tinha dito pro dr. Lírio que eu queria fazer em visita a Santa Graça. Precisava também saber por que o dr. Lírio, a Helga, o padre, o sr. Olavo tinham se esquecido de mim lá naquela vastidão que é Horizontina. À noitinha, entre cinco e seis da tarde, a gente ouve grilo e depois nada. Uma angústia. Aqui no Mata Cavalo, quando era noite, tinha batuque em terreiro, barulho de rádio que algumas casas tinham.

Eu me ajoelhei no chão, cavei com todo o cuidado pra não ferir o menino morto e arranquei o Joaquim daquela terra alaranjada e grossa. Embrulhei meu neném numa folha de bananeira dali mesmo. Aquilo podia ser o menino ou podia ser um pintinho, já não se via. Com tanto tempo, o embrulho virou uma bolinha marrom e cinza e tinha um peso morto naquilo já sem alma fazia anos e anos.

Todo mundo de olho em mim. Olho vidrado, arregalado.

O seu Antunes não queria me deixar andar. Disse que o Joaquim era do Jão também e que o homem trabalhava o dia inteiro só pra chegar à noitinha e vir deitar a palma da mão nesse monte de terra agora todo revirado.

Gritei com o seu Antunes pra me deixar em paz e que não se diz a uma mãe o que fazer com o filho dela.

Quando desci o Mata Cavalo com meu filho embrulhado, cheguei ao centro e vi o dr. Lírio de conversa com a Helga.

Em boa hora, porque eu precisava mesmo falar com aqueles dois.
 Chamei pelo nome deles e o dr. Lírio entrou no banco, fingindo não me ver.

ÍRIS GRITA:
Quero voltar pra Santa Graça, dr. Lírio.
 Quero ficar em Horizontina mais não.
 Tem fantasma de escravo lá, o senhor sabia?
 É grilo de tarde e fantasma a noite toda, o senhor sabia?
 Se tivesse ciência disso, duvido que teria me levado com a mãe pra lá, pois o senhor é homem bom.
 Desde que o menino Ícaro viajou pro Japão que eu não durmo, minha alma não tem mais sossego.
 Desde que o Lázaro me fez abrir a porta dos negrinhos que eu não acalmo o coração. Dr. Lírio, olha o que eu trouxe: o Joaquim, que o senhor tirou de mim. O senhor falou que era apendicite, mas era meu Quinquim, dr. Lírio, uma pena.

HELGA, DR. LÍRIO, OLAVO, DONA ONDINA, DONA ROSA, LÁZARO, AS TRÊS VELHAS E A CIDADE OLHAM
com descrença para Íris, não falando coisa com coisa;
 a polícia amarrando as mãos de Íris, fazendo Joaquim cair, rolar no chão até a vala pra escoar a chuva.

ÍRIS PERDE
a cabeça;
o Quinquim de novo.

ÍRIS GRITA:
Mas, dr. Lírio, o arroz já acabou faz tempo. Não tem mais farinha de milho, não tem mais nada. O senhor me disse que nada ia faltar. Quero construir um mausoléu pro meu menino, o senhor ajuda? Preciso pagar os homens pra construir a casinha de morto e quero um anjinho da cara preta e das asas brancas bem na entrada do túmulo. Uma estrelinha contando que o Quinquim saiu de mim dia 18 de outubro de 1929 e morreu no dia 18 de outubro de 1929. É até engraçado. Mesmo dia, mesmo ano. Pobrezinho. Um anjinho da cara preta.
 Mas as asinhas eu quero brancas, puras.
 Vocês nunca mais apareceram lá em casa.
 O padre falou que ia voltar com mantimentos, mas a mãe e eu nem sabão temos mais. Quero voltar, dr. Lírio, ando sozinha demais lá. O senhor, a Helga, as velhas, o seu Olavo, vocês fiquem tranquilos que nosso segredo está bem guardado.
 Eu nem precisava de Horizontina pra guardar nosso segredo. Um exagero grande de vocês.

SANTA GRAÇA VÊ
a polícia levar Íris, causando desordem, de volta pra Horizontina.

EM HORIZONTINA ANOITECE:
Parou uma carroça. Estacionou uma caminhonete.
 Entraram na casa-grande o padre Arcanjo, as três velhas, a Helga, o Lázaro, o Olavo, o dr. Lírio.
 A Íris, olhos de lágrima, parecia que já os aguardava. Sentada na cadeira de balanço da sala de entrada, ainda conseguia ouvir os grilos.
 Convida as visitas pra entrar.
 Fecha os olhos, Íris.

ÍRIS FECHA OS OLHOS.
Ao abri-los de novo, estavam à sua frente o Joaquim, o Ícaro, as crianças avoadas de Santa Graça e os negrinhos do Mata Cavalo. Viu ainda a mãe e viu o Gregório que vestia a pele preta.

© Nara Vidal, 2024

Todos os direitos desta edição reservados à Todavia.

Grafia atualizada segundo o Acordo Ortográfico da Língua Portuguesa de 1990, que entrou em vigor no Brasil em 2009.

capa
Violaine Cadinot
preparação
Silvia Massimini Felix
revisão
Ana Alvares
Jane Pessoa

1ª reimpressão, 2024

Dados Internacionais de Catalogação na Publicação (CIP)

Vidal, Nara (1974-)
Puro / Nara Vidal. — 1. ed. — São Paulo : Todavia, 2024.
ISBN 978-65-5692-577-6

1. Literatura brasileira. 2. Romance brasileiro. I. Título.

CDD B869.3

Índice para catálogo sistemático:
1. Literatura brasileira : Romance B869.3

Bruna Heller — Bibliotecária — CRB-10/2348

**todavia**
Rua Luís Anhaia, 44
05433.020 São Paulo SP
T. 55 11 3094 0500
www.todavialivros.com.br

fonte
Register*
papel
Pólen bold 90 g/m²
impressão
Geográfica